عائلة المومين الفنلنديّة

جزيرة الهاتيفتنيريين

الجبل المهجور

الكهف

شاطئ رملي

الليلك

سفينة الحطب

الباسمين

بيت المومين
الطابق الأرضي

الشرفة

الصالون

فأر المسك

غرفة البهوان

بين غمي

وورن

الحمام

القرن

المطبخ

خارطة
وادي المومين

الطابق العلوي

غرفة
النشاطات

غرفة
ماما مومين

غرفة
بابا مومين

غرفة
سنيف

smatt smatt

غرفة آنسة سنورك
ومومين ترول

غرفة
الضيوف

غرفة
سنورك

Tove

تُوفَه يانسون

عائلة المومين الفنلنديّة

النص العربي: سكينة إبراهيم

مؤسسة محمد بن راشد آل مكتوم
MOHAMMED BIN RASHID
AL MAKTOUM FOUNDATION

دار المنى

توفه يانسون ١٩١٤ـــ ٢٠٠١ هي الابنة البكر لعائلة تميزت بالحس الفني. كان والدها فيكتور يانسون نحاتا معروفا، ووالدتها رسامة اسمها سيني هامر يانسون. في سنة ١٩٦٨ كتبت توفه يانسون كتابا بعنوان Bildhuggarens dotter وصفت فيه عائلتها البوهيمية الفنية، وطفولتها في ظلّ هذا الجو في مدينة هلسنكي حيث كانت تقطن العائلة. كان فصل الصيف يعني لها كثيرا حيث درجت على قضاء إجازتها في الريف الفنلندي الغني بجزره وشواطئه. في ذلك الجوّ، كان امتلاك توفه للميول الفنية أمرًا متوقعا. أهت دراستها الثانوية في الخامسة عشر من عمرها، ودرست الفنون في هلسنكي وباريس. سافرت إلى عدة مدن أوروبية، وعرضت فيها نتاجها الفني.

ظهر أول كتبها عن المومين سنة ١٩٤٥، وكانت تنشر كتاباتها موقعة باسم سنورك في مجلة غارم التي درجت آنذاك على نشر الرسوم المضحكة التي تمازح السياسيين وغيرهم، ثم حولت شخوصها إلى أبطال لقصصها في مجموعة قصصية سُميثُ بكتب المومين، وهي مجموعة لقيت رواجا منقطع النظير في أوروبا والعالم كله، ونقلت إلى ما لا يقل عن ٤٠ لغة. وتحولت أيضا إلى أفلام ومسرحيات في الراديو والتلفزيون.

حصلت توفه يانسون على جوائز أدبية عديدة؛ منها جائزة هانز كريستيان اندرسين في عام ١٩٥٣ وفي عام ١٩٧٢ حصلت على جائزة مورباكا السويدية، وجائزة فنلندا التقديرية عام ١٩٩٣، وجائزة الأكاديمية السويدية عام ١٩٩٤.

Arabic edition Dar Al-Muna 2008
© Text & illustrations: Tove Jansson 1948
Original title : Trollkarlens hatt
First Published by Schildts Förlags AB, Esbo, Finland
Arabic text: Sukainah Ibrahiem
Layout: Zanko Dasko
Printed in Sweden
ISBN 978 91 85365 41 8

المحتويات

الفصل الرابع

وفيه تفقد «آنسة سنورك» شعرها بسبب هجوم «الهاتيفتنيريين» الليلي، وفيه أيضًا يحدث أروع اكتشاف في الجزيرة المنعزلة.

الفصل الخامس

وفيه نقرأ عن صيد «المامیلوك»، وكيف تحوّل بيت «المومين» إلى غابة.

الفصل السادس

وفيه يدخل «ثين غمي» و«بوب» إلى القصة ويجلبان معهما حقيبة غامضة وتتبعهما «الغروك»، وفيه أيضا يرأس «السنورك» جلسة محاكمة.

الفصل الأخير

هذا فصل طويل جدًا، يصف رحيل «سنفكين» وكيف كُشِف عن محتويات الحقيبة، وكذلك كيف عثرت «ماما مومين» على حقيبة يدها وأقامت حفلاً بهذه المناسبة. وأخيرًا كيف جاء الساحر إلى وادي «المومين».

المقدّمة

في ذات صباح رمادي بدأت السماء تندف الثلج على وادي
المومين بلطف وبطء، وفي غضون بضع ساعات أصبح كلّ شيء
أبيض.

وقف مومين ترول عند عتبة باب بيته وتأمّل الوادي هاجعًا
تحت دثاره الشتوي. "الليلة،" فكّر، "سنستكينُ في بياتنا الشتوي
الطويل." (يُخلد المومينيون إلى النوم في شهر نوفمبر. وهذه فكرة
جيّدة لك أيضًا، إذا كنت لا تحبّ البرد وعتمة الشتاء الطويلة.)
وبعد أن أغلق الباب، قصد مومين ترول أمه وقال:
"قَدِم الثلج!"

٧

"أعرف،" أجابت ماما مومين. "جهّزتُ أسرّة الجميع بأسمك البطانيات. ستنام في الغرفة الصغيرة تحت الإفريز مع سنيف."

"شخير سنيف لا يُطاق،" اعترض مومين ترول. "ألا يمكنني النوم مع سنفكين بدلاً منه؟"

"كما تحبّ يا صغيري،" قالت ماما مومين. "يستطيع سنيف أن ينام في الغرفة الشرقية."

وهكذا بدأ آل مومين وأصدقاؤهم وجميع معارفهم الاستعداد بجدّية وبمراسيم عظيمة لفصل الشتاء الطويل. أعدّت لهم ماما مومين المائدةَ على الشرفة، لكنهم لم يتناولوا سوى إبر شجر الصنوبر للعشاء. (من المهم أن تملأ بطنك بالصنوبر إذا نويت النوم طوال الشتاء.) وعندما انتهت وجبة الطعام، وأخشى أن مذاقها لم يكن مستساغًا جدًا، تبادلوا تحيّة المساء، بحرص أكثر من المعتاد، وحثّتهم ماما مومين على تنظيف أسنانهم.

ثم قام بابا مومين بجولة تفقّدية في البيت، وأغلق جميع الأبواب ودرفات النوافذ، وعلّق ناموسية على الثريا كيلا يلحقها الغبار.

بعد ذلك، تسلّل كلّ واحد منهم إلى سريره، حيث أعدّ لنفسه مأوى مريحًا، ثم سحب غطاءه فوق أذنيه، واسترسل يفكّر في شيء لطيف. بيد أن مومين ترول أطلق تنهيدة صغيرة وقال:

"أخشى أننا سنضيّع الكثير من الوقت."

"لا تقلق،" أجابه سنفكين، "سنرى أحلامًا رائعة، وعندما نستيقظ سيكون الوقت ربيعًا."

"ممم..مم،" همهم مومين ترول بصوت ناعس لأنه حينها بدأ

ينأى نحو عالم الأحلام المبهم.

في الخارج استمرّ الثلج يتساقط غزيرًا وطريًا. وكان في هذه الآونة قد غطّى الدرج، وتدلّى بثقل من الأسطح والأفاريز. ولن يلبث بيت الومين حتى يصبح كرة ثلجية ضخمة مستديرة. توقّفت الساعات عن التكتكة، واحدة تلو الأخرى. لقد أقبل الشتاء.

الفصل الأول

وفيه يجد مومين ترول وسنفكين وسنيف طاقية الساحر، وفيه كذلك كيف تظهر خمس غيوم صغيرة فجأة، وكيف يتّخذ الهيمولين هواية جديدة لنفسه.

في الساعة الرابعة من صباح يوم ربيعي وصل أول وقواق إلى وادي المومين. حطّ على سطح بيت المومين الأزرق، ووقْوق ثماني مرات بصوت أجشّ، لأن الربيع ما زال بعد في مطلعه.

ثم حلّق ميمّمًا الشرق.

استيقظ مومين ترول، وبقي مستلقيًا في فراشه لفترة طويلة يحملق في السقف، قبل أن يدرك أين هو. كان قد نام مئة ليلة ومئة نهار، وكانت أحلامه لا تزال تتدافع في رأسِه محاولة إقناعَه بالعودة إلى النوم.

وبينما راح يتقلّب بغية العثور على وضعيّة مريحة للنوم، وقع نظره على شيء جعله يقظًا جدًا: إن سرير سنفكين خال.

اعتدل مومين ترول في سريره. نعم؛ حتى قبعة سنفكين اختفت.

"ياه، يا ربي!" هتف وهو يمشي على رؤوس أصابعه نحو النافذة المفتوحة. آها، لقد كان سنفكين يستخدم سلّم الحبل. جاهد مومين ترول ليبلغ حافّة النافذة، ثم نزل برجليه القصيرتين على السلم بحذر. ميّز بوضوح على الأرض النديّة آثار قدمي سنفكين المتّجهة هنا وهناك، والتي بدا تتبعها صعبًا نوعًا ما، إلى أن قامت القدمان بقفزة كبيرة أدّت إلى تشابكهما. "لا بدّ أنه سعيد جدًا،" قال مومين ترول لنفسه بطريقة حاسمة. "قام بقفزة بهلوانية هنا، هذا واضح تمامًا."

رفع مومين ترول أنفه فجأة واستمع. تناهى إليه صدى أكثر ألحان سنفكين مرحًا: "على جميع الكائنات الصغيرة أن تزيّن ذيولها بالأقواس." وسرعان ما شرع يجري نحو مصدر الموسيقى.

في الأسفل عند النهر وجد سنفكين جالسًا على الجسر مدليًا رجليه فوق الماء، وقبعته القديمة تغطّي أذنيه.

"مرحبًا،" حيّاه مومين ترول وهو يجلس قربه.

"أهلاً بك،" أجاب سنفكين وتابع العزف.

في ذلك الحين أشرقت الشمس، وشعّت في عيونهما مباشرة وجعلتها تطرف، فجلسا يؤرجحان رجليهما فوق الماء الجاري ومشاعر الابتهاج والهناء تغمرهما.

كان لديهما الكثير من المغامرات الغريبة المشتركة، ولطالما

أحضرا إلى البيت العديد من الأصدقاء الجدد. وقد رحب والد ووالدة مومين ترول دائمًا بأصدقائهما بالطريقة الهادئة نفسها، وذلك بإعداد سرير آخر، وإضافة صفيحة جديدة إلى مائدة غرفة الطعام. ولذا، غالبًا ما عمر بيت المومين بالناس: كان مكانًا يقوم فيه كلّ فرد بما يشاء، ونادرًا ما انتابه القلق من الغد. وفي أحيان كثيرة، جرت هناك أحداث غير متوقّعة ومزعجة، إنما لا أحد قطّ مرّ عليه وقت جعله يشعر بالضجر. وهذا يعتبر دائمًا أمرًا حسنًا.

عندما أنهى سنفكين آخر مقطع من أغنيته الربيعية، وضع الهرمونيكا في جيبه وقال:

"هل استيقظ سنيف؟"

"لا أظنّ،" أجاب مومين ترول. "إنه ينام عادة أسبوعًا آخر أكثر من الآخرين."

"إيه، علينا إذًا أن نوقظه،" أعلن سنفكين وهو يقفز لينْزل إلى الأرض. "يجب أن نفعل شيئًا مميزًا اليوم، لأنه سيكون يومًا رائقًا."

بناء على ذلك أطلق مومين ترول إشارتهم السرّية تحت نافذة سنيف: ثلاث مرّات صفيرًا عاديًا، ثم واحدًا طويلاً من بين كفيه، وعنت تلك الإشارة: "ثمة أمر عاجل." ولاحظ هو وسنفكين أن سنيف توقّف عن الشخير، لكن لا شيء تحرّك في الأعلى.

"أعد الكرّة،" قال سنفكين. وفي هذه المرة أُرسِلت الإشارة بصفير أعلى من السابق.

حينها خُبطت النافذة وفُتحت.

”أنا نائم،“ صاح صوت حانق.

”هيا لا تغضب وانزل،“ قال سنفكين. ”سنفعل شيئًا مميزًا جدًا.“

عندئذ، ملّس سنيف أذنيه اللتين جعّدهما النوم، وأخذ سلّم الحبل نزولاً. (ربما يجدر بي الإشارة هنا إلى أن لديهم سلالم حبال عند جميع النوافذ، لأن استعمال الدرج للنُّزول يستغرق وقتًا طويلاً.)

لا ريب أن ذلك اليوم حمل وعدًا بجوّ لطيف معتدل. ففي كلّ مكان نهضت المخلوقات الصغيرة المربَكة من نومها الشتوي الطويل، وتجوّلت في الأنحاء مستكشفة من جديد مزاراتها القديمة، ثم انهمكت في تهوية ملابسها، وتمشيط شواربها، وتحضير بيوتها للربيع.

كان الكثير من تلك الحيوانات يبني لنفسه بيتًا جديدة، وأخشى القول أن الشجار دبّ بين بعض منهم. (يمكن أحيانًا أن تستيقظ بمزاج معكّر جدًا بعد بيات طويل كذاك.)

قعدت الأرواح التي أوت إلى الأشجار تمشط شعرها الطويل، وفي الجهات الشمالية من جذوع الأشجار، حفرت صغار الفئران أنفاقًا في ندف الثلج.

”ربيع سعيد!“ قالت دودة أرض عجوز. ”كيف مرّ الشتاء عليك؟“

”جيد جدًا، شكرًا،“ أجاب مومين ترول. ”هل نمت جيدًا يا سيدتي؟“

”نعم،“ قالت الدودة. ”بلّغ سلامي لأبيك وأمك.“

وهكذا مضوا في طريقهم يتجاذبون أطراف الحديث مع الكثير من المخلوقات على هذا النحو. وكلّما بلغوا نقطة أعلى في صعودهم التل، قلّ عدد الناس هناك، وأخيرًا لم يلمحوا سوى فأرة أو فأرتين تتحرّيان المكان بأنفيهما وتنظّفان.

كان البلل منتشرًا في كلّ مكان.

"أف.. هذا مزعج،" تأفّف مومين ترول وهو يخوض طريقه بحذر خلال الثلج الذائب. "الثلج الكثير ليس جيدًا أبدًا للمومين. هكذا قالت ماما." ثم عطس.

"اسمع يا مومين ترول،" قال سنفكين. "لدي فكرة. ما رأيك في أن نصعد إلى رأس الجبل ونضع كومة من الأحجار عند قمّته، لنبيّن للناس أننا أول من وصل إلى هناك؟"

"نعم، هيا بنا،" هتف سنيف، وانطلق من فوره ليصل قبل الآخرين.

عندما بلغوا القمّة عصفت حولهم ريح آذار، أما المدى الأزرق فامتدّ تحت أقدامهم؛ البحر من ناحية الغرب، والنهر الملتف حول الجبال المهجورة من الشرق. وشمالاً بسطت الغابة العظيمة سجادتها الخضراء، ومن الجنوب ارتفع الدخان من مدخنة بيت المومين، لأن ماما مومين كانت تحضّر الفطور. بيد أن سنيف لم ينتبه لأي شيء من هذا، لأنه، عند قمّة الجبل استقرّت طاقية.. طاقية طويلة سوداء.

"سبقنا شخص إلى هنا!" قال.

التقط مومين ترول الطاقية وتأمّلها قائلاً:

"إنها طاقية فريدة، وقد تناسبك يا سنفكين."

"لا، لا،" أجاب سنفكين الذي أحبّ قبعته الخضراء القديمة.
"إنها جديدة أكثر من اللازم."

"قد تُعجب بابا،" فكّر مومين ترول.

"حسنًا، سنأخذها معنا على أي حال." أعلن سنيف. "أما الآن
فأريد العودة إلى البيت. أكاد أموت جوعًا، ألستما كذلك؟"

"نعم،" وافقه سنفكين.

هذه هي الطريقة التي وجدوا بها طاقية الساحر، وأخذوها إلى

١٥

البيت معهم، بدون أن يدركوا ولا للحظة واحدة أن هذا سيطلق تعويذة سحر على وادي المومين، وأنهم قريبًا جدًا سيختبرون أمورًا غريبة.

عندما قصد مومين ترول هو وسنفكين وسنيف الشرفة اكتشفوا أن الآخرين فرغوا من تناول وجبة الإفطار، وذهب كلّ منهم في اتجاه مختلف.

كان بابا مومين وحده هناك يقرأ الصحيفة.

''حسنًا.. حسنًا، وأنتم أيضًا استيقظتم،'' قال. ''لا شيء كثير في الصحيفة اليوم. فجّر جدول سدّه وأغرق الكثير من النمل. أُنقذ الجميع. وصل أول وقواق إلى الوادي في الساعة الرابعة، ثم طار شرقًا.'' (هذا يعتبر فأل خير، لكن الوقواق المتّجه غربًا أفضل..)

''انظر ماذا وجدنا،'' قاطعه مومين ترول مزهوًا. ''طاقية رسمية جميلة وجديدة لك!''

وضع بابا مومين الصحيفة جانبًا وتفحّص الطاقية مليًا. ثم اعتمرها أمام المرآة الطويلة. كانت في الحقيقة كبيرة على رأسه، بحيث إنها كادت تحجب عينيه، وشعر أن لها تأثيرًا غريبًا جدًا.

''أمّي،'' صاح مومين ترول، ''تعالي وانظري إلى بابا.''

فتحت ماما مومين باب المطبخ ونظرت إليه بدهشة.

''كيف أبدو؟'' سألها بابا مومين.

''لا بأس بها،'' أجابت ماما مومين. ''تبدو أنيقًا، ولكنها كبيرة قليلاً.''

''أهي أفضل هكذا؟'' سأل بابا مومين وهو يدفع الطاقية إلى مؤخر رأسه. ''أممم،'' همهمت ماما مومين، ''هذا أنيق أيضًا،

لكنني أرى أنك تبدو أكثر وقارًا بدون طاقية.''

تأمّل بابا مومين نفسه من الأمام والخلف ومن الجانبين، ثم وضع الطاقية على الطاولة وهو يتنهّد.

''أنت محقّة،'' قال، ''بعض الناس يبدون أفضل بلا طاقية.''

''بالطبع يا عزيزي،'' لاطفته ماما مومين ثم قالت للأولاد قبل أن تعود وتختفي في المطبخ: ''هيا يا صغاري، تناولوا البيض الآن، فأنتم بحاجة إلى التغذية بعد أن عشتم على إبر الصنوبر طوال الشتاء.''

''وماذا نفعل بالطاقية؟'' تساءل سنيف. ''إنها طاقية طريفة.''

''استعملوها كسلّة للنفايات،'' قال بابا مومين وهو في طريقه إلى الطابق العلوي ليتابع كتابة قصة حياته. (المجلد الضخم حول شبابه العاصف.)

وضع سنفكين الطاقية على الأرض بين الطاولة وباب المطبخ.

١٧

"لديكم الآن قطعة أثاث جديدة،" قال مبتسمًا ابتسامة عريضة، لأنه لم يفهم قطّ لماذا يهوى الناس امتلاك الأشياء. كان راضيًا تمامًا بارتداء حلّته القديمة التي امتلكها منذ أن وُلد (لا أحد يعرف متى وأين حدث هذا)، والشيء الوحيد الذي لم يفرّط فيه هو الهرمونيكا.

"إذا أنهيتما الفطور دعونا نذهب ونتفقّد السنوركيين،" قال مومين ترول لرفيقيه. وقبل أن يخرجوا إلى الحديقة رمى قشور بيضته في سلّة النفايات، فهو (أحيانًا) مومين يحسن التصرّف.

بخروجهم خلت غرفة الطعام.

وعند الزاوية بين الطاولة وباب المطبخ انتصبت طاقية الساحر وقشور البيضة في جوفها. وسرعان ما بدأ شيء غريب حقًا يحدث. أخذت قشور البيضة تغيّر شكلها. (أترون، هذا ما يحدث: إذا بقي شيء لمدة كافية في طاقية الساحر لا يلبث أن يتحوّل إلى شيء مختلف تمامًا. ولن يستطيع أحد أن يخمّن مسبقًا ماذا يمكن أن يكون. ومن حسن حظّ بابا مومين أن الطاقية لم تناسبه، لأن حامي جميع المخلوقات الصغيرة يعلم ما الذي كان سيصيبه لو أنه اعتمرها لفترة أطول. أما في حالته فاعتراه صداع خفيف فقط، (زال بعد الغداء.)

في هذه الأثناء أصبح قشر البيضة الذي احتفظ بلونه الأبيض، ناعمًا وصوفيًا. وبعد فترة، ملأ الطاقية بأكملها. ثم انبثقت خمس غيوم صغيرة من حافة الطاقية، وأبحرت نحو الشرفة، تخبّطت بلطف فوق الدرج، واستقرّت هناك معلّقة في الفضاء فوق الأرض. أما

الطاقية فكانت فارغة.

"آه يا ربي احفظنا،" هتف مومين ترول.

"هل يحترق البيت؟" تساءلت آنسة سنورك بقلق.

كانت الغيوم طافية أمامهم بدون أن تتحرّك أو تغيّر أشكالها، كما لو أنها وقفت تنتظر شيئًا ما، وإذ مدّت آنسة سنورك يدها بحذر بالغ وربتت أقرب غيمة إليها، قالت بصوت مفعم بالدهشة: "إنها مثل القطن." عندئذ اقترب الآخرون وتحسّسوها أيضًا.

"مثل وسادة صغيرة،" هتف سنيف.

دفع سنفكين إحدى الغيمات دفعة طفيفة، فعامت قليلاً ثم توقّفت.

"لمن هي؟" سأل سنيف، "كيف وصلت إلى الشرفة؟"

هزّ مومين ترول رأسه وقال: "هذا من أغرب الأشياء التي صادفتها. ربما علينا أن ندخل ونجلب ماما."

"لا، لا،" اعترضت آنسة سنورك. "سنتفحّصها بأنفسنا." ثم جذبت غيمة إلى الأرض ومسّدتها بيدها. "ناعمة جدًا!" قالت، وفي اللحظة التي تلت، كانت تمتطي تلك الغيمة، وتتأرجح بها صعودًا ونزولاً وهي مستغرقة في الضحك.

"هل لي أن أحصل على واحدة؟" صرصر سنيف وهو يقفز على غيمة أخرى. "يلا، هيلا هوب!" وعندما قال "يلا" ارتفعت الغيمة وقامت بالتفافة رشيقة عاليًا.

"ياه!" صاح سنيف، "تحرّكت!"

عندئذ، ترامو كلّهم على الغيوم وصاحوا: "يلا! يلا! هيلا

هوب!" فتدافعت تلك الغيوم في الأرجاء بلا ضابط، إلى أن اكتشف السنورك طريقة قيادها؛ إذا ضغطت ضغطة خفيفة بالقدم فإنها تستدير. وإذا ضُغطت بالقدمين تمضي قدمًا، وإذا هزّ من يمتطيها جسمه بلطف تتوقّف الغيمة.

مرحوا كثيرًا، وحلّقوا نحو قمم الأشجار وفوق سطح بيت المومين.

حام مومين ترول خارج نافذة بابا مومين وصاح: "كوكو كوكو واق واق!" (جعلته حماسته البالغة يعجز عن التفكير بجملة أكثر ذكاءً.)

ألقى بابا مومين قلم مذكّراته وهرع إلى النافذة.

"يا رب سلّم ذيلي!" صاح. "ماذا ينتظرنا بعد!"

"هذا يصلح لفصل جيّد في قصتك،" قال مومين ترول وهو يقود غيمته إلى نافذة المطبخ حيث نادى أمّه. لكن ماما مومين كانت منهمكة في أعمالها، وواصلت صنع الكفتة وهي تقول: "ماذا وجدت الآن يا عزيزي؟ انتبه لئلا تقع!"

في هذه الأثناء اكتشف سنفكين وآنسة سنورك لعبة جديدة: يقود كلّ منهما غيمته نحو غيمة الآخر بأقصى سرعة، ثم يتصادمان خابطًا أحدهما الآخر بلطف. والخاسر هو الذي يقع أولاً.

"سنرى الآن،" صاح سنفكين وهو يدفع غيمته إلى الأمام. فراوغت آنسة سنورك بذكاء، وتنحّت جانبًا ثم هاجمته من الأسفل.

انقلبت غيمة سنفكين، ووقع على رأسه في وسط مشتل الزهور،

وسقطت قبعته على عينيه.

"الجولة الثالثة،" صرصر سنيف الذي أخذ دور الحكم، وحلّق على مسافة أعلى منهما بقليل. "هذا يعني اثنين إلى واحد! هيا، استعداد، انطلاق!"

"ما رأيكِ في أن نقوم بجولة طيران معًا؟" اقترح مومين ترول على آنسة سَنورك لما عاد إليهم.

"بالتأكيد،"أجابت وهي ترتفع بغيمتها إلى جانبه. "أين نذهب؟"

"لنبحث عن الهيمولين ونفاجئه،" أعلن مومين ترول.

قاما بجولة فوق الحديقة، لكنهما لم يعثرا على الهيمولين في أيّ من مزاراته المعتادة.

"لا أعتقد أنه ابتعد كثيرًا،" قالت آنسة سنورك. "آخر مرة رأيته فيها كان يصنّف طوابعه."

"هذا حدث قبل ستة أشهر،" قال مومين ترول.

"أوه، صحيح، نمنا منذ ذاك، أليس كذلك؟"

"بالمناسبة، هل نمتِ جيدًا؟" سألها مومين ترول.

طارت آنسة سنورك برشاقة فوق قمّة شجرة وفكّرت قليلا قبل أن تجيب. "أبصرتُ حلمًا مزعجًا،" قالت أخيرًا. "رجل شرير بطاقية سوداء طويلة كشّر في وجهي."

"هذا طريف،" قال مومين ترول. "أبصرتُ الحلم نفسه. هل كان لديه قفاز أبيض أيضًا؟"

هزّت آنسة سنورك رأسها إيجابًا، وبينما انزلقا ببطء فوق الغابة

فكّرا في هذا لفترة قصيرة. ثم فجأة لمحا الهيمولين يمشي ويداه وراء ظهره وعيناه صوب الأرض. قام مومين ترول وآنسة سنورك بهبوط مثالي على ثلاث دفعات وحطّا على يمينه ويساره، وصاحا بابتهاج: "صباح الخير!"

"آه! آي!" شهق الهيمولين. "أخفتماني كثيرًا! ينبغي ألا تقفزا أمامي فجأة هكذا."

"أوه عفوًا،" اعتذرت آنسة سنورك. "انظر إلى مركبتينا."

"هذا شيء مميز جدًا،" قال الهيمولين. "بيد أنني معتاد على أفعالكما الاستثنائية بحيث إن شيئًا لا يفاجئني، ثم إنني مكتئب الآن."

"لماذا؟ وفي يوم رائع كهذا." سألته آنسة سنورك بتعاطف.

"لن تفهماني في جميع الأحوال،" أجاب الهيمولين وهو يهزّ رأسه.

"سنحاول،" قال مومين ترول، "هل فقدت طابعًا نادرًا مرة أخرى؟"

"بالعكس،" أجاب الهيمولين بحزن، "طوابعي كلّها معي: كلّ طابع منها. مجموعة طوابعي مكتملة. ليس فيها شيء ناقص."

"طيب، أليس هذا جيدًا؟" قالت آنسة سنورك مشجعة.

"ألم أقل إنكما لن تفهماني؟" تأوّه الهيمولين.

تبادل مومين ترول وآنسة سنورك نظرات قلقة، ثم دفعا غيمتيهما بعيدًا احتراما لحزن الهيمولين. وإذ واصل الهيام على وجهه، لبثا ينتظران بهدوء إلى أن يفصح عما يُثقل روحه.

‶كلّ هذا ميؤوس منه!‶ وبعد فترة أخرى أضاف: ‶ما الفائدة؟ يمكنكما أن تأخذا مجموعة طوابعي للمسابقة القادمة.‶

‶يه.. يا هيمولين،‶ قاطعته آنسة سنورك جزعة، ‶هذا رهيب! مجموعة طوابعك هي الأكثر جودة في العالم!‶

‶هذا هو السبب،‶ أعلن الهيمولين بنبرة يائسة. ‶لقد اكتملت. ليس ثمّة طابع أو إصدار فريد لم أجمعه. ولا واحد. والآن ماذا أفعل؟‶

‶أظن أنني بدأت أفهم،‶ قال مومين ترول بروية. ‶ما عدتَ جامع طوابع، أنت الآن مجرّد مالك لها، وهذا ليس فيه الكثير من التشويق.‶

‶لا،‶ قال الهيمولين المفجوع. ‶ليس فيه شيء البتة.‶ توقّف

٢٣

وأدار وجهه العابس نحوهما.

"يا عزيزي الهيمولين،" بدأت آنسة سنورك وهي تمسك يده بلطف، "لدي فكرة. ماذا لو بدأت تجمع شيئًا مختلفًا، شيئًا جديدًا كلّ الجدّة؟"

"هذه فكرة،" أقرّ الهيمولين بدون أن تفارق سمات الحزن وجهه، فقد رأى أنه لا يجدر به الظهور بمظهر السعيد بعد كلّ ذلك الكدر العظيم.

"جمع فراشات على سبيل المثال؟" اقترح مومين ترول.

"مستحيل،" صاح الهيمولين وعاودته الكآبة. "أحد أبناء عمومتي يجمعها، وأنا لا أطيقه."

”صور مشاهير النجوم إذًا؟“ قالت آنسة سنورك.

اكتفى الهيمولين بنفخ الهواء.

”ماذا عن الحلي؟“ قال مومين ترول بأمل. ”إنها لا تنتهي أبدًا.“

نفخ الهيمولين متذمّرًا من هذه الفكرة أيضًا.

”حسنًا، في الحقيقة أنا لا أعرف،“ قالت آنسة سنورك.

”لا بأس، سنفكّر لك في شيء ما،“ واساه مومين ترول. ”من المؤكد أن أمي تعرف. على فكرة هل رأيت فأر المسك؟“

”ما زال نائمًا،“ أجاب الهيمولين بنبرة حزينة. ”يقول إنه ليس من الضروري النهوض في وقت مبكّر. وأظنّ أنه محقّ.“ وبهذا تابع تجواله الهائم، بينما قاد مومين ترول وآنسة سنورك غيمتيهما وحلّقا فوق قمم الأشجار ولبثا هناك، يتأرجحان بروية تحت أشعة الشمس، ويفكّران في مشكلة مجموعة الهيمولين الجديدة.

”ماذا عن الأصداف،“ اقترحت آنسة سنورك.

”أو الأزرار النادرة،“ قال مومين ترول.

لكن الحرارة أصابتهما بالنعاس، و لم تشجعهما على متابعة التفكير، ولذلك استلقيا على غيمتيهما وتأمّلا سماء الربيع الصادحة بأصوات القبّرات.

فجأة وقعت أعينهما على أول فراشة. (كما تعلمون، إذا كانت أول فراشة يراها المرء صفراء فهذا يعني أن الصيف سيكون فصلاً بهيجًا. والفراشة البيضاء تعني صيفًا هادئًا. الفراشات باللونين الأبيض والبنيّ ينبغي تجنّب ذكرها، فهي محزنة كثيرًا.)

لكن هذه الفراشة كانت ذهبية اللون.

‟ماذا يمكن أن يعني هذا؟‟ تساءل مومين ترول. ‟ما رأيت قطّ فراشة ذهبية من قبل.‟

‟الذهبي أفضل بكثير من الأصفر،‟ قالت آنسة سنورك. ‟انتظر وسترى!‟

عندما عادا إلى البيت للغداء التقيا الهيمولين على الدرج وهو يشعّ بالسعادة.

”هيه،“ بادره مومين ترول، ”ما الأمر؟“

”دراسة الطبيعة!“ أعلن الهيمولين. ”سأدرس النباتات. هذه فكرة السنورك. سأجمع أروع نباتات العالم!“ ثم بسط تنورته* ليريهما اكتشافه الأول. وبين التراب والأوراق استقرّت بصلة ربيعية صغيرة جدًا.

”نجمة بيت لحم،“ هتف الهيمولين بفخر. ”رقم واحد في المجموعة. نموذج ممتاز.“ ثم مضى ووضع حمله كلّه على طاولة الطعام.

”ضعها في الزاوية يا همولي العزيز،“ هتفت ماما مومين، ”لأنني أريد وضع الحساء. هل الجميع هنا؟ أما زال فأر المسك نائمًا؟“

”مثل الخنزير،“ قال سنيف.

”هل قضيتم وقتًا طيبًا اليوم؟“ سألتهم ماما مومين عندما ملأت الصحون.

”رائع،“ صاحت العائلة كلّها.

في الصباح التالي عندما ذهب مومين ترول إلى كوخ الحطب ليخرج الغيمات، لم يجد لها أثرًا، ولا لأي غيمة منها. ولا أحد فكّر قطّ أن لها أي علاقة بقشرة البيضة التي استقرّت في وقت ما داخل طاقية الساحر.

* *يلبس الهيمولين دائمًا ثوبًا ورثه عن عمته. وأعتقد أن الهيموليين كلّهم يلبسون الأثواب. وها أنت ترى بنفسك مع أن هذا يبدو غريبًا. ملاحظة المؤلفة.*

الفصل الثاني

وفيه يكابد مومين ترول تحوّلاً مزعجًا، ويقوم بالانتقام من أسد النمل، وفيه كذلك كيف يذهب مومين ترول وسنفكين في جولة سرّية ليلية.

في ذات يوم صيفي دافئ كانت السماء تمطر بلطف على وادي المومين، ولذلك قرّر الجميع أن يلعبوا الغميضة في الداخل. وقف سنيف في الزاوية وأنفه بين كفيه وعدّ إلى العشرة قبل أن يلتفت ويبدأ بالمطاردة؛ في المخابئ المعهودة أولاً ثم في الأماكن غير المعهودة.

كمن مومين ترول تحت طاولة الشرفة قلقًا نوعًا ما؛ لأنه رأى أن ذاك ليس بالمخبأ الجيد، وأن سنيف سينال منه حالما يرفع غطاء الطاولة. وإذ تلفّت حوله، وقعت عيناه على الطاقية الطويلة السوداء التي استقرّت في إحدى الزوايا. وسرعان ما خطرت له فكرة رائعة!

نعم، لا ريب أن سنيف لن يفكّر مطلقًا في البحث تحت الطاقية. تسلّل مومين ترول بهدوء إلى الزاوية، وأدخل رأسه وجسمه في الطاقية التي لم تصل إلا إلى وسطه. لكن، إذا انكمش وطوى ذيله فيمكن أن تخفيه تمامًا. ضحك في سرّه وهو يسمع كيف تمّ العثور على الآخرين، واحدًا تلو الآخر. من الواضح أن الهيمولين اختبأ تحت الأريكة من جديد، فهو ما تمكّن قطّ من العثور على مكان أفضل. وسرعان ما انبروا كلّهم يجرون هنا وهناك بحثًا عن مومين ترول.

انتظر، حتى داخله الشكّ في أن الملل قد يعتريهم من البحث، فزحف خارجًا من الطاقية، أطلّ برأسه من الباب وقال:

"انظروا إلي!"

حدّق فيه سنيف مطولاً، ثم قال بنبرة فظّة تقريبًا: "بل انظر إلى نفسك!"

"من ذاك؟" استفهمت الآنسه سنورك همسًا. بيد أن الآخرين هزّوا رؤوسهم فقط، وواصلوا التحديق في مومين ترول.

يا للفتى الصغير المسكين الذي تحوّل إلى مخلوق آخر غريب تحت طاقية الساحر! جميع أعضائه السمينة أصبحت هزيلة، وكلّ شيء صغير فيه غدا كبيرًا. وأغرب ما في الأمر أنه هو نفسه لم يعرف ما حدث.

"رأيت أن أفاجئكم،" قال وهو يخطو متردّدًا إلى الأمام على ساقيه الطويلتين الهزيلتين. "ليس لديكم فكرة أين اختبأت!"

"هذا لا يثير اهتمامنا،" قال السنورك، "وأنت بالتأكيد قبيح

بما يكفي لتفاجئ أي شخص.‏‎"‎

‏‎"‎يا لقسوتك!‏‎"‎ قال مومين ترول باستياء. ‏‎"‎طيب، أعتقد أنكم سئمتم من المطاردة، فماذا نفعل الآن؟‏‎"‎

‏‎"‎ربما عليك أن تعرّفنا بنفسك أولاً،‏‎"‎ قالت آنسة سنورك بتعالٍ، ‏‎"‎فنحن لا نعرفك، أليس كذلك؟‏‎"‎

نظر مومين ترول إليها نظرة شكّ، ثم خطر له فجأة أن هذه لعبة جديدة ربما. فضحك بابتهاج وقال:

‏‎"‎أنا ملك كاليفورنيا!‏‎"‎

‏‎"‎وأنا آنسة سنورك،‏‎"‎ قالت، ‏‎"‎وهذا أخي السنورك.‏‎"‎

‏‎"‎أنا أدعى سنيف.‏‎"‎

‏‎"‎وأنا سنفكين.‏‎"‎

‏‎"‎آه يا ربي! كم أنتم مملّون،‏‎"‎ هتف مومين ترول. ‏‎"‎ألا يمكنكم التفكير في شيء أكثر إثارة! هيا نخرج الآن، أعتقد أن الجوّ بدأ يصفو.‏‎"‎ ثم نزل الدرج إلى الحديقة، يتبعه الثلاثي الصغير المرتاب والمذهول قليلاً.

‏‎"‎من ذاك،‏‎"‎ سألهم الهيمولين الذي جلس أمام البيت يحسب عدد أسدية زهرة دوّار شمس.

‏‎"‎أظنّ أنه ملك كاليفورنيا،‏‎"‎ أخبرته آنسة سنورك.

‏‎"‎هل سيعيش هنا؟‏‎"‎ استفسر الهيمولين.

‏‎"‎هذا عائد لمومين ترول،‏‎"‎ قال سنيف. ‏‎"‎أتساءل أين هو وما الذي يخطط له الآن.‏‎"‎

ضحك مومين ترول وقال: ‏‎"‎أنت فعلاً طريف في بعض الأحيان

يا سنيف. هل نذهب ونبحث عن مومين ترول؟"
"هل تعرفه؟" سأله سنفكين.
"إيييي.. أعرفه جيدًا في الحقيقة،" أجاب مومين ترول الذي استمتع باللعبة الجديدة أيّما استمتاع، وبدا له أنه يبرع فيها.
"وكيف تسنّى لك أن تعرفه؟" سألته آنسة سنورك.
"ولدنا في الوقت نفسه،" قال مومين ترول وهو لا يزال مستغرقًا في الضحك. "إنه رفيق لا يطاق، كما تعلمين! أنت ببساطة لا تستطيعين العيش معه تحت سقف واحد!"
"كيف تجرؤ على التحدّث عن مومين ترول هكذا!" عنّفته آنسة سنورك، "إنه أفضل مومين في العالم، ونحن نقدّره كثيرًا."
كان هذا كثيرًا جدًا على مومين ترول.
"أحقًا؟" هتف، "أنا شخصيًا أعتقد أنه طفيلي محض."
عندئذ بدأت آنسة سنورك تبكي.
"اذهب من هنا!" صاحت، "وإلا فسوف نهشّم رأسك."
"طيب، طيب،" لاطفها مومين ترول، "إنها مجرّد لعبة، أليس كذلك؟ أنا في غاية السعادة لأنكم تقدّرونني كثيرًا."
"نحن لانفعل،" زعق سنيف بشراسة، "انقضّوا على هذا الملك القبيح الذي يذمّ صديقنا مومين ترول."
وفي الحال ارتموا على مومين ترول المسكين. كان أكثر دهشة من أن يدافع عن نفسه، وعندما بدأ الغضب يعتريه كان الأوان قد فات. ولما ظهرت ماما مومين عند الدرج وجدته تحت كومة كبيرة من أيدٍ وأرجلٍ وذيولٍ تعمل فيه ضربًا.

"ماذا تفعلون هناك يا أطفال؟" نادت. "توقّفوا عن العراك فورًا!"

"إنهم يؤدبون ملك كاليفورنيا،" نخرت آنسة سنورك. "وهو يستحقّ هذا."

زحف مومين ترول بعيدًا عن المهاجمين، منهكًا وغاضبًا.

"ماما،" صاح، "هم من بدأ العراك. ثلاثة ضدّ واحد! هذا ليس عدلاً!"

"أوافقك تمامًا،" قالت ماما مومين بجدّية. "مع أنني أتوقّع أنك أثرت حفيظتهم. إنما من أنت يا وحشي الصغير؟"

"أوه، رجاءً أوقفوا هذه اللعبة الفظيعة،" ناح مومين ترول. "ما عادت طريفة. أنا مومين ترول. وأنت أمي. وهذا كلّ شيء!"

"لستَ مومين ترول،" قالت آنسة سنورك بازدراء. "أذنا مومين ترول صغيرتان وجميلتان، أما أنت فأذناك مثل مسكتي إبريق!"

أصيب مومين ترول بتشوّش رهيب وهو يمسك زوجًا من أذنين مطويتين هائلتين. ثم انفجر قائلاً بيأس: "أنا مومين ترول! ألا تصدقونني؟"

"ذيل مومين ترول صغير ومنمنم، وحجمه مناسب جدًا له، أما ذيلك فمثل فرشاة تنظيف المدخنة،" قال السنورك.

ويا للهول، هذا جدّ صحيح! تأكّد مومين ترول من ذلك وهو يتحسّس قفاه بيد مرتعشة.

"وعيناك مثل صحني حساء،" أضاف سنيف. "عينا مومين

ترول صغيرتان ووديعتان!"
"نعم، بالضبط،" وافقه سنفكين.
"أنت مُنتحل!" أعلن الهيمولين.
"أليس فيكَم من يصدّقني؟" استعطفهم مومين ترول. "تأمليني جيدًا يا أمي. لا بدّ أنك تعرفين مومينك."
نظرت ماما مومين إليه بإمعان. نظرت في عينيه الخائفتين لوقت طويل جدًا، ثم قالت بهدوء: "نعم أنت موميني!"
وفي تلك اللحظة بدأ يتبدّل. بدأت أذناه وعيناه وذيله بالانكماش، وكبر أنفه وبطنه، إلى أن عاد في النهاية هو نفسه.
"لا بأس، كلّ شيء على ما يرام الآن يا عزيزي،" قالت ماما مومين. "أرأيت، سأعرفك دائمًا مهما حدث."

بعد وقت قصير لاحقًا، قبع مومين ترول والسنورك في أحد مخابئهما السرية يتحدّثان؛ قبعا في ذلك المخبأ تحت شُجيرات الياسمين الذي تخفيه ستارة من الأوراق الخضراء.
"لا بدّ أنك فعلت شيئًا جعلك تتحوّل،" قال السنورك متابعًا الحديث.
هزّ مومين ترول رأسه نافيًا. "لم ألاحظ أي شيء غير عادي. ولم أتلفّظ بأي كلمات خطرة أيضًا."
"لعلك دُست على خاتم سحري،" اقترح السنورك.
"ليس على حدّ علمي،" قال مومين ترول. "قبعت طوال الوقت تحت تلك الطاقية السوداء التي نستعملها سلّة مهملات."

"الطاقية؟" استفهم السنورك بارتياب.

أومأ مومين ترول إيجابًا، وكلاهما جلس يفكّر لمدة طويلة. ثم فجأة صاحا معًا في وقت واحد: "لا بدّ أنها هي...!" وتبادلا النظر.

"قم بنا!" قال السنورك أخيرًا.

ذهبا إلى الشرفة وتسلّلا نحو الطاقية بحذر بالغ.

"تبدو عادية تقريبًا،" قال السنورك. "إلا إذا أخذنا بعين الاعتبار أن القبعات الرسمية هي دائمًا استثنائية."

"لكن كيف سنكتشف أنها السبب؟" سأله مومين ترول. "لن أدخل فيها ثانيةً!"

"قد نتمكّن من إغراء شخص آخر ليفعل هذا،" اقترح السنورك.

"هذه خدعة خسيسة،" اعترض مومين ترول. "كيف لنا أن نعرف أنه سيكون بخير في ما بعد؟"

"ماذا لو فعلنا هذا بعدو؟"

"أمم،" همهم مومين ترول، "أتُرشّح أحدًا؟"

"الخنزير!"

هزّ مومين ترول رأسه معارضًا. "إنه ضخم جدًا."

"طيب، أسد النمل إذًا؟" قال السنورك.

"فكرة جيدة،" وافق مومين ترول، "مرةً، أوقع أمي في حفرة ورشّ الرمل في عينيها."

وهكذا انطلقا للبحث عن أسد النمل، وأخذا معهما إناءً كبيرًا. وبما أنه يجب البحث عن مساكن مجموعات أسد النمل في الأماكن الرملية، نزلا إلى الشاطئ أولاً، ولم يستغرقا وقتًا طويلاً قبل أن يعثر السنورك على فتحة مستديرة كبيرة، ويشير بلهفة إلى مومين ترول.

"هنا،" همس السنورك، "كيف سنغريه ليدخل الإناء؟"

"دع الأمر لي،" همس مومين ترول وأخذ الإناء ودفنه في التراب على مسافة قريبة وفوهته إلى الأعلى. ثم قال بصوت عالٍ: "إنه مخلوق ضعيف جدًا أسد النمل هذا!" ثم أرسل إشارة خفيّة إلى السنورك ونظرا معًا بلهفة إلى الحفرة، ومع أن الرمل اهتزّ قليلاً لا شيء ظهر للعيان.

"ضعيف جدًا،" كرّر مومين ترول. "هذا المخلوق يستغرق عدة ساعات ليحفر في الرمل ويتوغّل فيه كما تعلم!"

"إي.. إنما.." قاطعه السنورك بنبرة متشكّكة.

"أؤكّد لك،" قال مومين ترول وهو يرسل له إشارات مسعورة بأذنيه. "عدّة ساعات!"

في تلك اللحظة ظهر رأس غاضب بعينين جاحظتين من الحفرة الرملية.

"هل قلت ضعيف؟" زمجر أسد النمل. "أستطيع التوغّل في الرمل خلال ثلاث ثوان بالضبط!"

"يجدر بك حقًا أن ترينا كيف تفعل هذا، حتى نصدّق أن مثل هذه البطولة الرائعة شيء ممكن،" قال مومين ترول بأسلوب مقنع.

"سأرشّ الرمل عليك،" أجاب أسد النمل باستياء، "وبعد أن أرشّك وأدخلك حفرتي سألتهمك!"

"أوه، لا،" استعطفه السنورك. "أليس من الأفضل أن تُرنا كيف تتوغّل في الرمل في غضون ثلاث ثوان؟"

"افعل ذلك هنا، لنرى جيدًا كيف تقومُ به،" قال مومين ترول وأشار إلى البقعة التي دفن فيها الإناء.

"هل تعتقدان حقًا أنني سأزعج نفسي بعرض الخدع على أطفال؟" قال أسد النمل بغيظ. إلا أنه على الرغم من كلّ شيء لم يستطع مقاومة الإغراء في أن يريهما قوّته وسرعته. ولذلك، خرج من حفرته وهو ينفخ بازدراء، وسألهما بغطرسة:

"والآن أين تريدان أن أحفر؟"

"هناك" أجاب مومين ترول وهو يشير بيده.

رفع أسد النمل كتفيه ونصب عرفه بطريقة مخيفة.

”تنحّيا عن طريقي!“ زمجر. ”سأنزل الآن تحت سطح الأرض، وعندما أصعد ثانية سألتهمكما! واحد، اثنان، ثلاثة!“ وغاص في الرمل مثل مروحة مدومة، مباشرة داخل الإناء المخفي هناك. لقد استغرق بالفعل ثلاث ثوانٍ، أو ربّما ثانيتين ونصف الثانية، بسبب غضبه البالغ.

”أسرِع بالغطاء،“ صاح مومين ترول. ثم نفضا الرمل عن الإناء وأحكما غلقه بسرعة. وبعد أن رفعاه من الحفرة، دحرجاه معًا إلى البيت، وأسد النمل في داخله يصرخ ويشتم والرمل يكاد يخنقه.

”إن غضبه هذا مخيف،“ قال السنورك. ”لا أجرؤ على التفكير في ما سيحدث عندما يخرج!“

”لن يخرج الآن،“ قال مومين ترول بهدوء. ”وعندما يفعل أتمنى أن يكون قد تحوّل إلى شيء فظيع.“

لما وصلا إلى بيت المومين استدعى مومين ترول الجميع بالصفير ثلاث مرات، (ما يعني: شيء استثنائي قد حدث.)

أقبل الآخرون من شتّى الاتجاهات وتجمّعوا حول الإناء ذي الغطاء المُحكم.

”ماذا لديك هنا؟“ سأل سنيف.

”أسد نمل،“ قال مومين ترول متباهيًا. ”أسد نمل حقيقي وغاضب جدًا، أخذناه أسيرًا!“

”يا لجرأتك الرائعة!“ قالت آنسة سنورك بإعجاب.

”ما سنفعله الآن هو أننا سنرميه في الطاقية،“ أعلن السنورك.

”حتى يتغيّر شكله كما حدث لي،“ أوضح مومين ترول.

”رجاءً، هل من أحد يخبرني ما الحكاية؟“ سأل الهيمولين بصوت كئيب.

”تغيّر شكلي لأنني اختبأت في تلك الطاقية،“ أخبره مومين ترول. ”هذا ما توصّلنا إليه. والآن سنتأكّد من ذلك إذا شاهدنا أسد النمل يتحوّل هو أيضًا إلى شيء آخر.“

”قد.. قد يتحوّل إلى أي شيء!“ صرصر سنيف. ”قد يتحوّل إلى شيء أكثر خطورة من أسد نمل ويلتهمنا كلّنا في دقيقة.“

حينئذ وقفوا كلّهم في فزع صامت ينظرون إلى الإناء ويستمعون إلى الحشرجة المخنوقة المنبعثة منه.

”أوه،“ همست آنسة سنورك ولونها يشحب* قليلاً.

**يعتري الشحوب السنوركيين في أغلب الأحيان عندما يتوترون عاطفيًا. ملاحظة المؤلفة.*

عندئذ اقترح سنفكين أن يختبئوا تحت الطاولة عندما يبدأ التحوّل، وأن يضعوا كتابًا كبيرًا على فتحة الطاقية. "عليكم دائمًا أن تتحمّلوا المخاطر عندما تقومون بالاختبارات،" قال. "هيا ارمه الآن بدون تردّد."

هرع سنيف إلى ما تحت الطاولة بخطوات متعثّرة، بينما رفع مومين ترول وسنفكين والهيمولين الإناء فوق طاقية الساحر. فتح السنورك الغطاء بحذر. وفي غمامة من الرمل هبط أسد النمل في الطاقية، وبسرعة البرق حطّ السنورك قاموس كلمات غريبة ضخمًا فوق الطاقية. ثم غاصوا كلّهم تحت الطاولة وانتظروا.

لم يحدث شيء في بادئ الأمر.

تلصّصوا بعد هنيهة من تحت غطاء الطاولة والهياج الشديد يعتريهم، ولم يلاحظوا حدوث أي تغيير.

"كان هذا عديم الفائدة،" قال سنيف. وفي تلك اللحظة تحديدًا بدأ القاموس الكبير يتقوّس إلى الأعلى، ومن شدّة اضطرابه، عضّ سنيف إبهام الهيمولين ظنًا منه أنها إبهامه.

أخذ القاموس يتقوّس أكثر فأكثر. بدأت صفحاته تبدو مثل الأوراق الذابلة، وما لبثت أن طلعت منها الكلمات الغريبة وبدأت تزحف على الأرض.

"يا رب احفظنا،" همهم مومين ترول. بيد أنه كان هناك المزيد من المفاجآت. بدأ الماء يقطر من حافة الطاقية ثم فاض وسال أرضًا على السجادة، فاضطرت الكلمات الأجنبية إلى تسلّق الحيطان طلبًا للنجاة.

”تحوّل أسد النمل إلى ماء فقط،“ قال سنفكين بخيبة أمل.
”أعتقد أنه الرمل،“ همس السنورك. ”أما أسد النمل فلا ريب أنه سيظهر قريبًا.“

تابعوا الانتظار لفترة طويلة تفوق الاحتمال. أخفت آنسة سنورك وجهها في حضن مومين ترول، وأنّ سنيف من الخوف. ثم فجأة، ظهر عند حافة الطاقية أصغر قنفذ في العالم. تنشّق الهواء حوله وطرفت عيناه. كان مرتبكًا جدًا ومبللاً.

ران عليهم صمت مطبقٍ لثانيتين.

ثمّ انفجر سنفكين ضاحكًا، وسرعان ما راحوا كلّهم يصيحون ويتدحرجون تحت الطاولة بابتهاج خالص. كلّهم، ما عدا الهيمولين الذي امتنع عن المشاركة بالمرح. نظر بدهشة إلى رفاقه وقال: ”طيب، توقّعنا أن يتغيّر أسد النمل أليس كذلك؟ أودّ لو أفهم فقط لماذا تثيرون دائمًا مثل هذه الضجة حول الأشياء؟“

في هذه الأثناء، سلك القنفذ الصغير طريقه بشيء من الحزن والمهابة إلى الباب، وخرج نازلاً الدرج. وبعد أن توقّف الماء عن التدفّق تجمّع في الشرفة كأنه البحيرة. أما الكلمات الغريبة فغطّت السقف بأكمله.

عندما أُوضحت الأمور لكلّ من ماما مومين وبابا مومين أخذا الأمر عل محمَل من الجدّ، وقرّرا ضرورة إتلاف طاقية الساحر. وهكذا دُحرجت بحذر إلى النهر وأُلقيت فيه.

”ها هي الغيوم والأعاجيب السحرية تذهب،“ قالت ماما

مومين وهم يراقبون الطاقية تنْزلق بعيدًا.

"تسلينا كثيرًا بالغيوم،" غمغم مومين ترول بشيء من الحزن. "لا أمانع استردادها!"

"وكذلك الفيضان والكلمات كما أظنّ،" قاطعته ماما مومين باستياء. "انظر إلى الشرفة! ثم إنني عاجزة عن التفكير فيما ينبغي لي عمله لتدبّر أمر تلك الكلمات الصغيرة الزاحفة. إنها تملأ المكان، وتجعل البيت بأكمله فوضويًا."

"كانت الغيوم ممتعة مع ذلك،" أصرّ مومين ترول بعناد. وفي تلك الأمسية جافاه النوم، فاستلقى صاحيًا يتأمّل الليلة الحزيرانية اللطيفة، بنسيمها العذب والفوّاح بعبير الأزهار، وبما حَوَتْهُ من همسات حائرة وحفيف ووقع أقدام.

لم يكن سنفكين قد أوى إلى فراشه بعد. ففي ليالٍ كهذه، غالبًا ما يخرج للمشي وحده ومعه الهرمونيكا. بيد أنه في هذه الليلة لم يعزف أي لحن، وهذا يعني أنه يقوم بجولة استكشافية، وقريبًا سينصب خيمته عند النهر، رافضًا النوم في البيت. تنهّد مومين ترول والشعور بالحزن يعتريه بدون أن يعرف لماذا.

في تلك اللحظة انبعث صفير خافت من الحديقة.

وجب قلب مومين ترول، ونهض على رؤوس أصابعه إلى النافذة ونظر خارجًا. الصفير عنى: "لدي سرّ!" ولمح سنفكين ينتظر عند أسفل سلّم الحبل.

"هل تستطيع كتمان السرّ؟" همس سنفكين عندما نزل مومين ترول من على السلّم إلى العشب.

هزّ مومين ترول رأسه بلهفة، ومال سنفكين نحوه وهمس ثانية: ”عامت الطاقية على السطح، واستقرّت على كثيب رملي في آخر النهر.“

”ها، ما رأيك؟“ سأل حاجبا سنفيكن، وردّت أذنا مومين ترول بنعم كبيرة. وسرعان ما مضيا يتسلّلان مثل الأشباح خلال الحديقة النديّة متجهيْن إلى النهر.

”تعلم أن الواجب يقتضي منّا استعادة الطاقية، لأن ماء النهر أصبح أحمر اللون،“ قال سنفكين. ”أولئك الذين يعيشون على ضفتي النهر سيذعرون حتمًا من رؤية هذا الماء المروّع.“

”كان حريًا بنا أن نتكهّن بحدوث شيء من هذا،“ قال مومين ترول.

شعر باعتزاز عميق لأنه يسير مع سنفكين في منتصف الليل؛ إذ لطالما قام صديقه بجولاته الليلية وحده.

”إنها في مكان ما هناك،“ قال سنفكين. ”هناك، هل ترى ذلك الشريط الداكن في الماء؟“

”ليس جيدًا،“ أجاب مومين ترول الذي تعثّر في طريقه بسبب الظلام. ”عيناي ليستا ليليتين مثل عينيك.“

”لا أعرف كيف سنحضرها،“ قال سنفكين وهو يتطلّع إلى النهر. ”ليس من الحكمة أن لا يمتلك أبوك قاربًا.“

تردّد مومين ترول قليلاً ثم قال: ”أنا أسبح جيدًا في حال لم تكن المياه شديدة البرودة.“

”أنت لا تجرؤ على فعل هذا!“ هتف سنفكين.

"بالتأكيد سأفعل،" ردّ مومين ترول وهو يشعر فجأة بشجاعة عارمة. "أين هي الآن؟"

"هناك،" أشار سنفكين، "وفي وقت قصير ستتحسّس قاع الكثيب الرملي، لكن حذار من وضع قدمك في الطاقية. احملها من أعلاها."

انزلق مومين ترول إلى الماء الصيفي الدافئ، وسبح مثل الكلب في النهر. كان ثمّة تيار مائي قوي، وللحظة اعتراه شيء من الخوف. ثم لمح الكثيب الرملي وعليه شيء أسود. وما لبث أن شعر بالرمل تحت قدميه فيما تابع التجديف بذيله.

"هل كلّ شيء على ما يرام؟" نادى سنفكين من الضفّة، ومن مومين ترول تعالت صيحة إجابة بينما هو يجاهد في الماء ليعتلي الكثيب الرملي.

لاحظ مومين ترول أن ثمّة جدول ماء داكن اللون يتدفّق من الطاقية، ويصبّ في النهر؛ ماء أحمر اللون. دسّ يده في الماء ثم لعق أصبعه بحذر.

"يا رب احفظني،" تمتم. "إنه عصير عليق! ياه! من الآن فصاعدًا يمكننا الحصول على ما نشاء من عصير العليق إذا ملأنا الطاقية بالماء." وسرعان ما عبَرَتْ صيحتُه الحماسية "ياهووووه!" النهرَ إلى سنفكين الذي أجاب بنفاد صبر:

"حسنًا، هل حصلت عليها؟"

"إيه..،" صاح مومين ترول وهو يخوض الماء ثانية، وذيله معقود بإحكام حول طاقية الساحر.

Tove

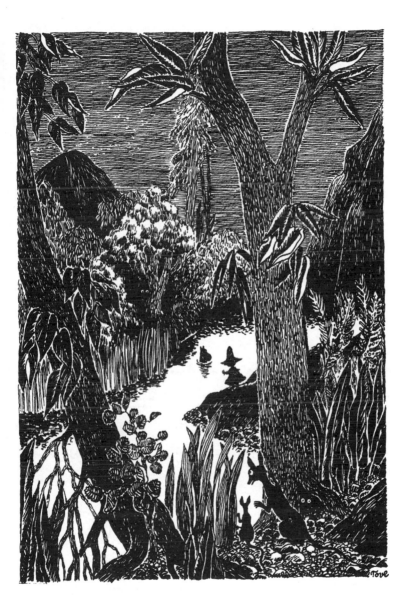

لا ريب أن السباحة ضدّ التيار، وأنت تجرّ خلفك طاقية ثقيلة شيء صعب جدًا. وعندما جاهد مومين ترول ليصعد إلى الضفة كان منهكًا تمامًا.

"عظيم،" هتف سنفكين. "ماذا نفعل بها الآن؟"

"حسنًا، تعلم أننا لا نستطيع الاحتفاظ بها في البيت،" قال مومين ترول. "ولا في الحديقة، فقد يجدها أحد."

في النهاية قرّرا اختيار الكهف بدون أن يُطلعا سنيف على السرّ (مع أن الكهف هو في الحقيقة كهفه)، لأنه صغير نسبيًا على مثل هذا السرّ الكبير.

"أتعلم،" قال مومين ترول بجدّية، "إنها المرّة الأولى التي نفعل فيها شيئًا لا نستطيع إخبار أمي وأبي به."

حمل سنفكين الطاقية بيديه وسلك طريق العودة إزاء النهر، وعندما بلغا الجسر توقّف فجأة.

"ما الأمر؟" همس مومين ترول متوجسًا شرًا.

"عصافير كناري!" هتف سنفكين. "ثلاثة عصافير كناري صفراء هناك على الجسر. غريب جدًا أن نراها في الليل."

"لستُ عصفور كناري،" صفّر العصفور الأقرب. "أنا سمكة نهرية!"

"نحن ثلاثة أسماك محترمة!" زقزق رفيقه.

حكّ سنفكين رأسه.

"انظر ما تتسبّب به الطاقية،" قال. "أنا متأكّد من أن تلك الأسماك الثلاث الصغيرة قد سبحت فيها وتبدّلت. تعال! سنقصد

الكهف فورًا ونخبئ هذه الطاقية!"

وفيما عبرا الغابة حرص مومين ترول على تتبّع خطى سنفكين عن قرب. فعلى جانبي الدرب ما انفكّ يسمع دمدمة وحفيفًا، وأثار فيه الأمر كلّه مشاعر الخوف. في بعض اللحظات حدّقت فيهما عيون صغيرة لامعة من خلف الأشجار، وبين حين وآخر ناداهما شيء من الأرض أو من الأغصان.

"ليلة جميلة!" سمع مومين ترول صوتًا خلفه مباشرة.

"نعم،" أجاب بشجاعة بينما انسلّ طيف صغير قربه ماضيًا صوب الغسق.

كان الشاطئ أكثر نورًا. فما بين البحر والسماء لاح وميض أزرق، ومن بعيد ردّدت الطيور نداءاتها المتقطّعة معلنة انتهاء الليل. حمل مومين ترول وسنفكين طاقية الساحر إلى الكهف ووضعاها وفتحتها تجاه الأرض في أكثر الزوايا ظلمة، حتى لا يتاح لأي شيء أن يسقط فيها.

"فعلنا أفضل ما في وسعنا،" قال سنفكين. "تخيّل فقط لو أننا نستطيع استعادة تلك الغيمات الخمس الصغيرة!"

"نعم،" أجاب مومين ترول الذي وقف في فتحة الكهف يتأمّل البحر. "إنني لأتساءل ما إذا كان بإمكان أحد أن يجعله أروع مما هو عليه الآن."

الفصل الثالث

وفيه يتعرّض فأر المسك لتجربة فظيعة، وفيه أيضًا تكتشف
عائلة المومين جزيرة الهاتيفتنيريين حيث يفلت من قبضتهم
الهيمولين بصعوبة، وكذلك كيف نجا الجميع من العاصفة الرعدية
الرهيبة.

خرج فأر المسك في الصباح التالي ومعه كتابه كالعادة، ليستلقي
في الأرجوحة. وما كاد يسترخي حتى انقطع حبل الأرجوحة ووجد
نفسه على الأرض.

‟شيء لا يغتفر!‟ قال فأر المسك وهو يحرّر ساقيه من بساط
الأرجوحة.

‟آه يا ربي،‟ هتف بابا مومين الذي وقف يسقي نباتات التبغ.

"عساك لم تصب بأذى؟"

"ليس هذا المهم،" أجاب فأر المسك بكآبة وهو يقضم شاربيه. "يمكن الأرض أن تتصدّع، والنار أن تهبط من السماء، ففي ما يخصّني هذا لا يزعجني، لكنني لا أحبّ أن أجد نفسي في موقف سخيف. ليس في هذا كرامة للفيلسوف!"

"أنا الوحيد الذي شاهد ما حدث،" اعترض بابا مومين.

"هذا سيئ بما يكفي!" ردّ فأر المسك. "فأنت الآن ستتذكّر كلّ ما تعرّضتُ له في بيتك! السنة الماضية على سبيل المثال، سقط مُذَنَّبٌ علينا. وذاك ليس مهمًا. ولكن كما تذكر ربما، وقعتُ على كعكة الشوكولاتة التي خبزتها زوجتك. كانت تلك أسوأ إهانة لكرامتي! وأحيانًا يضع ضيوفك فراشي الشعر في سريري، مزحة غبية جدًا. هذا إذا لم آت على ذكر ابنك..."

"أعرف، أعرف،" قاطعه بابا مومين بصوت بائس. "لا سكينة في هذا البيت.. إنما أحيانًا قد تبلى الحبال مع مرور الزمن، كما تعلم."

"ينبغي لها ألا تبلى،" قال فأر المسك. "لو أنني متُّ، لما كان الأمر مهمًا بالطبع. ولكن تخيّل أن يراني هكذا جماعتك الصغار! على كلّ حال، أنوي الآن التقاعد في بقعة مهجورة وأعيش حياة العزلة والسلام، متخليًا عن كلّ شيء. وهذا قرار قاطع اتخذته."

تأثّر بابا مومين، وهتف: "أوه، أين ستذهب؟"

"إلى الكهف،" أجاب فأر المسك. "هناك، ليس بمقدور أحد أن يقطع حبل أفكاري بالنكات السخيفة. وبإمكانك أن تحضر لي

الطعام مرّتين في اليوم. إنما ليس قبل الساعة العاشرة."

"حاضر،" قال بابا مومين وهو ينحني. "وهل نحضر لك بعض الأثاث أيضا؟"

"نعم، تستطيع أن تفعل هذا،" قال فأر المسك بشيء من الليونة. "أشياء بسيطة جدًا. أعرف أنك حسن النية، لكن عائلتك تلك تفوق طاقة احتمالي."

وهكذا أخذ فأر المسك كتابه وبساطه ومضى ببطء نحو المرتفعات. تنهّد بابا مومين بينه وبين نفسه، ثم تابع ري نباتات التبغ وما لبث أن نسي كلّ شيء.

عندما وصل فأر المسك إلى الكهف غمرته مشاعر السرور من كلّ شيء. فرّش بساطه على الأرض الرملية، وجلس عليه، وبدأ في الحال يتفكر. تفكّر لساعتين تقريبًا. كان كلّ ما حوله هادئًا ومسالمًا، ومن خلال شقّ في سقف الكهف أرسلت الشمس أشعة لطيفة إلى مخبإه. وما فتيء بين حين وآخر يتحرّك قليلاً نحو تلك الأشعة، كلما انسابت بعيدة عنه.

"هنا سأبقى إلى الأبد"، فكّر، "إنه من غير الضروري على الإطلاق أن يتنقّل المرء هنا وهناك ويثرثر، أن يبني بيتًا ويطبخ الطعام ويجمع الممتلكات!" نظر برضا متفحّصًا مسكنه الجديد، فوقع نظره على طاقية الساحر التي أخفاها مومين ترول وسنفكين في أكثر الزوايا ظلمة.

"سلّة النفايات،" حدّث فأر المسك نفسه. "آها! إنها هنا إذًا، حسنًا، ستكون دائمًا نافعة."

تفكّر لمزيد من الوقت، ثم قرّر أن يغفو قليلاً. لفّ نفسه بالبساط ووضع أسنانه الصناعية في الطاقية حتى لا تتعفّر بالرمل. ثم نام قرير العين.

كان في بيت المومين فطائر على الفطور؛ فطائر صفراء كبيرة بمربّى العليق، وأيضًا عصيدة من اليوم السابق. وبما أن أحدًا لم يرغب فيها قرّروا الاحتفاظ بها للصباح التالي.

‘‘أريد القيام بعمل غير عادي اليوم،’’ أعلنت ماما مومين. ‘‘فتخلّصنا من تلك الطاقية الرهيبة حدث يجدر بنا الاحتفال به، ثم إن المرء يسأم كثيرًا من جلوسه الأبدي في المكان نفسه.’’

”معك كلّ الحقّ يا عزيزتي،“ وافقها بابا مومين. ”لنذهب في نزهة إلى مكان ما!“

”قصدنا من قبل الأماكن كافّة، وليس ثمّة أي مكان جديد،“ قال الهيمولين.

”لا بدّ من وجود مكان ما،“ قال بابا مومين. ”وإذا لم يوجد، فسنخترع واحدًا. توقّفوا عن الأكل الآن يا أطفال، سنأخذ الطعام معنا.“

”طيب، أيمكننا ابتلاع ما في أفواهنا؟“ سأل سنيف.

”لا تكن سخيفًا يا صغيري،“ قالت ماما مومين. ”هيا، اجمعوا كلّ ما تريدون أخذه معكم بسرعة، لأن بابا يريد الانطلاق فورًا. لا تأخذوا ما ليس ضروريًا، ولا بأس في أن نكتب ملاحظة لفأر المسك حتى يعرف أين نحن.“

”يا ذيلي المبارك،“ هتف بابا مومين وضرب بيده جبهته. ”نسيت تمامًا! كان يجب أن نأخذ له طعامًا وبعض الأثاث إلى الكهف!“

”الكهف؟“ صاح مومين ترول وسنفكين معًا.

”نعم، انقطع به حبل الأرجوحة،“ تابع بابا مومين، ”وقال إنه ما عاد يستطيع الاسترسال في التفكير، وإنه يريد التخلّي عن كلّ شيء. قال إنكم وضعتم أشياءً في سريره، ولا أدري ماذا أيضًا. وهكذا مضى إلى الكهف.“

شحب وجه كلّ من مومين ترول وسنفكين شحوبًا شديدًا، وتبادلا النظرات بارتياع. ”الطاقية!“ فكّرا معًا.

”حسنًا، هذا ليس مهمًا،“ قالت ماما مومين. ”سنذهب في نزهة إلى الشاطئ ونأخذ لفأر المسك طعامه في طريقنا.“

”الشاطئ عادي جدًا،“ تذمّر سنيف. ”أما من مكان آخر نقصده؟“

”اصمتوا يا أولاد،“ قال بابا مومين بحزم، ”تريد ماما أن تستحم. هيّا، استعدّوا.“

أسرعت ماما مومين لتحزم الأغراض. أحضرت البطانيات والقدور ولحاء شجر البتولا* وإبريق قهوة، وكميات كبيرة من الطعام، وزيت الاسمرار، وعيدان ثقاب، وأي شيء يؤكل في الخارج أو يؤكل به أو يؤكل عليه أو معه. جمعتها كلّها في شمسية. وفي حقيبتها وضعت ملابس سميكة، ودواء وجع البطن، وخفاقة البيض، ومساند وناموسية، وثياب السباحة وغطاء مائدة. هرعت هنا وهناك مستحثّة دماغها لئلا تكون قد نسيت شيئًا. وأخيرًا قالت: ”كلّ شيء جاهز الآن! آه، من الممتع أن ننال قسطًا من الراحة عند البحر!“

أما بابا مومين فأخذ غليونه وقصبة صيد السمك.

"ها، هل الجميع جاهزون؟" سأل أخيرًا. "وهل تأكّدتم من أنكم لم تنسوا شيئًا؟ جيّد، لننطلق إذًا!"

ساروا في موكب نحو الشاطئ. وآخر من لحق بهم كان سنيف الذي جاء يجرّ ستة زوارق صغيرة خلفه.

"هل تظنّ أن فأر المسك تورّط في شيء؟" همس مومين ترول لـــ سنفكين.

"لا أتمنى هذا مطلقًا،" أجابه سنفكين همسًا. "لكنني أشعر بشيء من القلق!"

في تلك اللحظة توقّفوا كلهم بدون سابق إنذار، وكاد الهيمولين يفقأ عينه بقصبة الصيد.

"من الذي زعق؟" صاحت ماما مومين متوجّسة شرًا.

تردّدت في أرجاء الغابة كلّها أصداء عويل رهيب، وأحد ما أو شيء ما أقبل يجري نحوهم وهو يهدر من شدّة الفزع والاستياء.

"اختبئوا،" صاح بابا مومين. "وحش قادم!"

وقبل أن يتمكّن أي منهم من الإتيان بحركة اتضح أن الوحش ليس إلا فأر المسك، وبعينين جاحظتين وفراء منتصب لوّح بيديه وأطلق كلامًا مبهمًا لم يفهمه أحد، وبدا جليًا أنه غاضب جدًا أو خائف جدًا. وما لبث أن استدار على عقبيه ولاذ بالفرار.

**لحاء شجر البتولا هو أفضل شيء لإضرام النار، ويجب أن تكون مستعدًا لأي حالة طارئة في النُزهة. ملاحظة المؤلفة.*

''ماذا جرى لفأر المسك؟'' تساءلت ماما مومين بقلق. ''ما عهدناه إلا هادئًا ووقورًا!''

''هه، غريب أن يؤول به المآل إلى هذه الحالة لمجرّد أن حبل الأرجوحة انقطع!'' قال بابا مومين وهو يهزّ رأسه.

''أظنّ أنه غاضب لأننا نسينا أخذ الطعام له،'' علّق سنيف. ''يمكننا الآن أن نأكله نحن.''

واصلوا طريقهم إلى الشاطئ بأفكار مشوّشة. وما لبث أن تسلّل مومين ترول وسنفكين خفية بعيدًا عن الآخرين، وسلكا طريقًا مختصرًا إلى الكهف.

''لن نجرؤ على الدخول من فتحة الكهف، إذ لعلّ الشيء ما زال هناك!'' قال سنفكين. ''سنتسلّق إلى الأعلى ونسترق النظر من الشقّ في السطح.''

وبهدوء، صعدا زحفًا إلى سطح الكهف، وتحسّسا طريقهما مثل الهنود الحمر نحو الشقّ الذي في السقف. ثم نظرا إلى الأسفل داخل الكهف. هناك انتصبت طاقية الساحر فارغة. كان البساط ملقى في إحدى زوايا الكهف، والكتاب في زاوية أخرى، والكهف خال. بيد أنهما رأيا آثار أقدام غريبة منتشرة على الرمل، كما لو أن أحدًا رقص هناك أو قفز في أرجاء المكان.

''إنه ليس فأر المسك من خلّف هذه الآثار،'' قال مومين ترول.

''أتساءل من صاحب آثار الأقدام هذه،'' قال سنفكين. ''فهي غريبة جدًا.''

عادا ونزلا إلى الأسفل ونظرا حولهما بعصبية.

لكن لم يحدث أي شيء مقلق.

ولم يكتشفا مطلقًا ما أفزع فأر المسك بشدّة لأنه رفض التحدّث*عن
ذلك.

في هذه الأثناء وصل الآخرون إلى الشاطئ. وتجمّعوا كلّهم على
جانب الماء يتكلّمون ويلوحون بأذرعهم.

"وجدوا مركبًا!" صاح سنفكين. "تعال! دعنا نسرع ونرى!"

نعم، أصاب سنفكين في ما قاله، فقد وجدوا بالفعل زورقًا شراعيًا
كبيرًا ورائعًا، مكتملاً بالمجاديف وعدّة الصيد ومطليًا باللونين الأبيض
والبنفسجي!

"لمن هو؟" لهث مومين ترول عندما وصل إليهم.

"لا لأحد!" أجاب بابا مومين بزهو. "لقد دُفع إلى شاطئنا، لذلك
لدينا حقّ في الاحتفاظ به كحطام!"

"يجب أن نعطيه اسمًا!" هتفت آنسة سنورك، "أليس اسم الطائر
الذكي لطيفًا؟"

"طيري بذكائك وحدك،" عارضها السنورك بفظاظة. "أفضّلُ
نسر البحر."

*إذا أردت أن تعرف ما تحوّلت إليه أسنان فأر المسك الصناعية، اسأل
أمك، فهي تعرف حتمًا. ملاحظة المؤلفة.

”لا، يجب أن يكون اسمًا لاتينيًا،“ هتف الهيمولين، ”الباخرة المومينية.“

”أنا أول من رآه!“ صرصر سنيف. ”وأنا من يجب أن يختار له اسمًا. أليس من الطريف أن نسميه سنيف؟ هذا اسم قصير وحلو.“

”مثلك تمامًا! لا، لا أعتقد!“ قال مومين ترول باستهزاء.

”اصمتوا يا أطفال!“ نهرهم بابا مومين. ”الهدوء! الهدوء! ماما ستختار الاسم. إنها نزهتها.“

تورّدت وجنتا ماما مومين قليلاً. ”ليتني أستطيع،“ قالت بحياء. ”إن مخيّلة سنفكين واسعة. ولا شكّ في أنه سيحسن الاختيار أكثر مني بكثير.“

تأثر سنفكين من هذا الإطراء، وانبرى يقول: ”حسنًا، لا أعرف، إنما أصدقكم القول إنني فكّرت منذ البداية أن اسم الذئب المترصّد سيكون جميلاً ومناسبًا.“

”دعك من هذا،“ قال مومين ترول. ”أمي ستختار.“

”طيب يا أحبابي،“ هتفت ماما مومين. ”فقط لا تظنوا أنني سخيفة أو قديمة الطراز. أرى أن المركب يجب أن يُسمى بشيء يذكّرنا بما نريد أن نفعله به. ولذلك أظنّ أن اسم المغامرة يناسبه.

رائع! صاح مومين ترول. ”سنعمّدها الآن! ماما، هل لديك ما نستعمله كالشمبانيا؟“

بحثت ماما مومين في جميع سلالها عن قنينة عصير العليق.

”أوه يا ربّي، إنه إمر محزن!“ هتفت. ”أعتقد أننا نسينا عصير العليق!“

”هه، ألم أسألك ما إذا جلبت كلّ شيء يا عزيزتي؟“ قال بابا مومين معاتبًا.

تبادل الجميع النظرات بحزن. فالإبحار في مركب لم يُعمّد وفق الأصول يعني أسوأ حظّ محتمل.

حينها خطرت لمومين ترول فكرة ذكية.

”ناوليني القدر،“ قال لأمه، ثم ملأها بماء البحر وحملها إلى الكهف وطاقية الساحر.

عندما عاد ناول والده جرعة من عصير العليق وقال: ”ذُق هذا!“

شرب بابا مومين جرعة العصير، وبدت عليه تعابير الاستحسان. ”من أين حصلت على هذا يا ولدي؟“ سأل ابنه.

امتنع مومين ترول عن الإجابة وقال إنه سرّ. ثم ملأوا زجاجة بالعصير وكسروها على مقدمة المركب، بينما أعلن مومين ترول بفخر: ”بهذا أعمّدك الآن وإلى الأبد باسم المغامرة.“

هلّل الجميع، وبادروا إلى وضع السلال والبطانيات والشمسية وصنارة صيد السمك والوسائد والقدور وثياب السباحة في المركب، وأبحرت عائلة المومين وأصدقاؤها في البحر الأخضر الجامح.

كان اليوم جميلاً، إنما ليس صافيًا تمامًا، لأن سديمًا ذهبيًا حطّ على الشمس. لكن المغامرة نشرت أشرعتها البيضاء، ويمّمت وسط البحر بسرعة جيدة. صفعت الأمواج جانبي المركب وغنّت الريح حوله، ورقصت حوريات البحر عند مقدّمته، بينما تحلّقت طيور

بيضاء كبيرة فوقه.

ربط سنيف قواربه الستة الصغيرة بخطّ مستقيم؛ واحدًا وراء الآخر، وترك هذا الأسطول يبحر بمعية المغامرة.

تولّى بابا مومين قيادة المركب، واسترخت ماما مومين لتأخذ قيلولة. كان من النادر أن تنعم بمثل هذا السلام من حولها.

"أين سنذهب؟" سأل السنورك.

"دعونا نقصد جزيرة ما!" توسّلت آنسة سنورك. "ما ذهبت قطّ إلى أي جزيرة ولو صغيرة في حياتي."

"ستقومين بهذا الآن،" قال بابا مومين. "سنرسو عند أول جزيرة نراها."

قصد مومين ترول أبعد نقطة من المقدمة واستقرّ فيها، مبقيًا عينًا يقظة على سلاسل الصخور، ومستمتعًا بالتحديق في الأعماق الخضراء، ومراقبة مقدمة المغامرة تشقّ طريقها خلال الرغوة البيضاء.

"يا هوووه!" صاح بفرح، "سنذهب إلى جزيرة!"

كانت جزيرة الهاتيفتنيريين المنعزلة نائية ومطوّقة بالسلاسل الصخرية والأمواج العنيفة. تنبثق من الماء جامحة ومغرية، مكلّلة بالأمواج البيضاء المزمجرة، ومتوّجة بالأشجار الخضراء كما لو أنها تزيّنت لاحتفال ما. (يجتمع الهاتيفتنيريون مرّة في السنة هناك، قبل أن ينطلقوا مجددًا في رحلاتهم الاستكشافية اللانهائية حول العالم. يفدون من جميع الجهات؛ صامتين وجادّين، بوجوه صغيرة بيضاء خالية من التعبير. أما لماذا يعقدون هذا الاجتماع السنوي

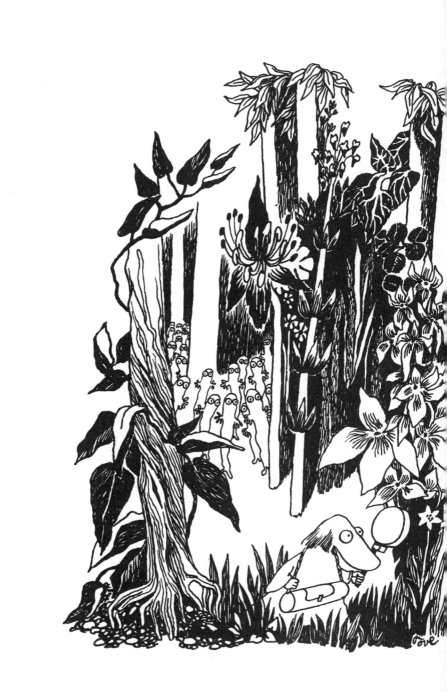

فمن الصعب التكهّن، لأنهم لا يسمعون ولا يتكلّمون، وليس لديهم هدف في الحياة سوى الهدف الأبعد لنهاية رحلتهم. ولعلهم يحبّون الحصول على مكان يشعرون فيه أنهم في البيت، حيث يمكن أن يرتاحوا قليلاً ويلتقوا بالأصدقاء. يجري اجتماعهم السنوي هذا في شهر حزيران دائمًا.

ولذلك، تزامن وصول عائلة المومين والهاتيفتنيريين إلى الجزيرة المنعزلة في الوقت نفسه تقريبًا.)

''أمامنا يابسة!'' صاح مومين ترول، واحتشد الجميع عند حافّة المركب ليتفرّجوا.

''هنا شاطئ رملي،'' هتفت آنسة سنورك.

''ومرسى جيد!'' أعلن بابا مومين وهو يوجّه الدفّة بمهارة نحو اليابسة بين السلاسل الصخرية. وما إن دنت المغامرة من الرمل حتى قفز مومين ترول إلى اليابسة حاملاً حبلاً لربط المركب.

وسرعان ما هاج الشاطئ نشاطًا.

كوّمت ماما مومين بعض الأحجار لتعدّ موقدًا لتسخين الفطائر، جمعت الخشب وبسطت غطاء الطاولة على الرمل، وثبّتت جميع زواياه بأحجار صغيرة لئلا يطير. ثم أخرجت الأكواب كلّها، ودفنت وعاء الزبدة في الرمل الرطب في ظلّ حجر، وأخيرًا زينت وسط المائدة بباقة زنابق بحرية.

''هل تحتاجين إلى مساعدة؟'' سألها مومين ترول عندما جهز كلّ شيء تقريبًا.

''حبّذا لو تستكشفون معالم الجزيرة،'' أجابت ماما مومين التي

خمّنت أن هذا ما يتوقون إليه. "من المهمّ أن نعرف أين رسونا. فقد يكون المكان خطرًا، أليس كذلك؟"

"بالضبط،" أجاب مومين ترول. وانطلق هو وآنسة سنورك وأخوها وسنيف نحو الجهة الجنوبية من الشاطئ. بينما اتّجه سنفكين الذي يحبّ اكتشاف الأشياء وحده شمالاً. وأخذ الهيمولين مجرفه الخاصّ بدراسة النباتات، وعلبة جمع العينات، والعدسة المكبّرة، ومضى يتجوّل في الغابة. خطر له أنه قد يجد بعض النباتات الرائعة التي لم يكتشفها أحد بعد.

في هذه الأثناء جلس بابا مومين على صخرة ليصطاد السمك. وبينما راحت الشمس تهبط ببطء، أخذ السديم الذهبي يغلّف البحر.

كان في وسط الجزيرة فسحة خضراء ممهّدة الأرض، تطوّقها شجيرات مزهرة. هناك، اعتاد الهاتيفتنيريون عقد لقائهم السرّي الذي يجتمعون لأجله مرّة كلّ سنة في منتصف الصيف. وفي ذلك اليوم وصل إلى الجزيرة ما يقارب الثلاثمئة منهم، ومن المتوقّع حضور أربعمئة آخرين على الأقل. وسرعان ما قاموا بنصب سارية طويلة مطلية باللون الأزرق في وسط تلك الفسحة الخضراء، وعليها علّقوا بارومتر. وكانوا ينسلّون فوق العشب بصمت ويتبادلون التحيات بشموخ، وكلّما مرّوا بالبارومتر، انحنوا أمامه بخشوع. (بدا هذا مضحكا نوعًا ما.)

أمضى الهيمولين الوقت وهو يتسكّع في أرجاء الغابة، مأخوذًا بكميات الأزهار النادرة، فهي ليست فقط لا تشبه الأزهار التي تنمو في وادي المومين، بل تختلف عنها اختلافًا تامًا! عناقيد ثقيلة

فضيّة البياض بدت كما لو أنها مصنوعة من الزجاج، وأزهار ذات لون قرمزي داكن كأنها تيجان ملكية، وورود بزرقة السماء.

لم يلاحظ الهيمولين معظم ما فيها من جمال، إنما شُغل بعدّ أسديتها وأوراقها، وهو يتمتم لنفسه: "هذه الفصيلة التاسعة عشرة بعد المئتين في مجموعتي!"

وصل في نهاية المطاف إلى ملجأ الهاتيفتنيريين، وتجوّل فيه وهو ينظر حوله بلهفة، بحثًا عن فصائل نباتات نادرة. ولم يرفع رأسه إلا بعد أن اصطدم بالسارية الزرقاء التي روّعته كثيرًا. لم يكن قد رأى في حياته ذلك العدد الكبير من الهاتيفتنيريين! أولئك الذين تدافعوا نحوه من جميع الاتجاهات، وتجمهروا حوله وعيونهم الصغيرة الباهتة تخترقه. "أتراهم في مزاج سيئ؟" فكّر الهيمولين. "إنهم صغار الحجم، بيد أن عددهم الكبير مخيف!"

نظر الهيمولين إلى البارومتر اللامع الضخم، الذي صمد خشبه الماهوغاني في وجه المطر والريح. "مميّز،" قال لنفسه وهو يغمض عينيه من أشعة الشمس المبهرة. ثم نقر البارومتر فغاصت السارية في الأرض قليلاً. حينها همهم الهاتيفتنيريون متوعدين وتقدّموا نحوه خطوة.

"لا بأس،" قال بذعر. "لن آخذ البارومتر منكم!"

لم يسمعه الهاتيفتنيريون وواصلوا الاقتراب منه وهم يهمهمون ويتوعّدونه بأيديهم. وقف الهيمولين وقلبه في فمه ينتظر فرصة ليلوذ بالفرار. بيد أن الأعداء أحاطوا به مثل سور، وأمعنوا أكثر فأكثر في الاقتراب منه. وتوافد المزيد منهم من بين الأشجار، بعيونهم

الشاخصة وخطواتهم الصامتة. ''اذهبوا عني!'' زعق الهيمولين. ''هش، هش!''

إلا أنهم واصلوا التقدّم مع ذلك. حينها رفع الهيمولين تنورته وبدأ يتسلّق السارية. ومع أنها كانت قذرة وزلقة، أمدّه الخوف بقوة غير هيمولينية، وأخيرًا وصل إلى القمة وأمسك بالبارومتر.

في هذه الأثناء بلغ الهاتيفتنيريون قاعدة السارية، وهناك وقفوا ينتظرون. بدت الفسحة الخضراء التي عجّت بهم أشبه بسجادة بيضاء. وإذ فكّر الهيمولين بما قد يحدث له لو وقع أرضًا، أصابه غثيان رهيب.

''النجدة!'' ولول بأعلى صوته. ''النجدة! النجدة!'' لكن السكون بقي يحتلّ الغابة. عندئذ، حشر إصبعين في فمه وصفّر. ثلاث صفرات قصيرة، وثلاثًا طويلة، ثم ثلاثًا قصيرة: النجدة.

سمع سنفكين الذي كان يتسكّع على الشاطئ استغاثة الهيمولين فرفع رأسه ليتحقّق من الأمر.

عندما اتضح له الاتجاه أسرع للنجدة. وعندما علا النداء أدرك سنفكين أنه أصبح قريبًا جدًا، فزحف إلى الأمام بحذر. غدا النداء أخفّ بين الأشجار، إلا أنه ما لبث أن لمح الفسحة الخضراء والهاتيفتنيريين والهيمولين المتعلّق بالسارية بإحكام. ''إنه مأزق فظيع،'' غمغم لنفسه، ثم قال بصوت أعلى للهيمولين: ''مرحبًا! كيف أقحمت عقول الهاتيفتنيريين المسالمين في مثل هذه الحالة الحربية؟''

"نقرت على بارومترهم،" نشج الهيمولين المسكين. "فغاصت السارية في الأرض قليلاً. حاول إبعاد هذه المخلوقات المقزّزة عني يا سنفكين العزيز!"

"دعني أفكّر،" قال سنفكين. وبالطبع لم يسمع الهاتيفتنيريون شيئًا من هذا الحوار لأنه ليس لديهم آذان.

بعد فترة صاح الهيمولين: "فكّر بسرعة يا سنفكين، لأنني أكاد أنزلق!"

"اسمع،" بدأ سنفكين، "هل تتذكّر عندما جاءت فئران الحقول إلى الحديقة؟ حينها، ثبّت بابا مومين عدّة أعمدة في الأرض، وعلّق عليها دواليب الريح. وعندما دارت الدواليب اهتزّت الأرض فتوتّرت فئران الحقول واستسلمت!"

"قصصك مثيرة جدًا دائمًا،" صاح الهيمولين بمرارة. "لكنني لا أستطيع أن أفهم ما علاقتها بمأزقي البائس!"

"كلّ العلاقة!" هتف سنفكين، "ألا ترى؟ الهاتيفتنيريون لا يسمعون ولا يتكلّمون وبصرهم ضعيف. إلا أن لديهم إحساسًا دقيقًا جدًا! حاول أن تهزّ السارية إلى الأمام والخلف. وسيحسّ بها الهاتيفتنيريون في الأرض ويخافون. فذلك يصعد مباشرة إلى بطونهم، أفهمت! إنهم مثل أجهزة لاسلكية!"

حاول الهيمولين التأرجح يمينًا ويسارًا على السارية.

"إنني أهوي!" زعق فجأة بذعر.

"أسرَع! أسرَع!" صاح سنفكين. "حركات صغيرة خفيفة."

تدبّر الهيمولين أمر القيام بمزيد من الهزهزة اليائسة، وحينها بدأ

الهاتيفتنيريون يشعرون بعدم الراحة في أخمص أقدامهم. فراحوا يهمهمون ويتحرّكون بقلق. وكما فعلت فئران الحقول، دقّوا الأرض بكعوبهم ولاذوا بالفرار.

وفي غضون ثانيتين أصبحت الفسحة الخضراء خالية. شعر سنفكين بهم وهم يحتكّون بساقيه، ويلسعونه كأنهم القرّاص بينما تفرّقوا في الغابة.

انزلق الهيمولين إلى الأرض خائر القوى وهو يئن قائلا: "آآآه! لم أصادف سوى المشاكل والمخاطر منذ أن أتيت إلى بيت المومين."

"هدئ من روعك يا همول،" قال سنفكين. "كنتَ محظوظًا جدًا على الرغم من كلّ شيء."

"يا لهذه المخلوقات البائسة،" زمجر الهيمولين. "سآخذ بارومترهم معي في جميع الأحوال لأعاقبهم."

"يُستحسن أن تدعه،" حذّره سنفكين.

لكن الهيمولين انتزع البارومتر الكبير اللامع من السارية ودسّه بزهو تحت إبطه.

"والآن لنعود إلى الآخرين،" قال. "أنا أتضور جوعًا." وعندما وصلا وجداهم يأكلون الفطائر، وسمك التونا الذي اصطاده بابا مومين من البحر.

"أهلاً،" هتف مومين ترول. "استكشفنا الجزيرة كلّها، في طرفها الأقصى منحدر حادّ مخيف يؤدي إلى البحر مباشرة."

"ورأينا حشدًا من الهاتيفتنيريين!" أخبرهما سنيف. "مئة على الأقل!"

”لا تأت على ذكر تلك المخلوقات أمامي،“ قال الهيمولين بمرارة. ”لا أستطيع احتمال هذا. إنما تعالوا وشاهدوا غنيمة حربي.“ وبفخر وضع البارومتر في وسط غطاء الطاولة.

”ياه! كم هو لامع وجميل!“ هتفت آنسة سنورك. ”أهو ساعة؟“

”لا، هذا بارومتر،“ قال بابا مومين. ”يخبرك هل الجوّ رائق أم عاصف. وهو في بعض الأحيان دقيق جدًا.“ ثم نقر البارومتر، وإذ ذاك قطّب وقال بجدّية: ”الجوّ عاصف!“

”أهي عاصفة قوية؟“ سأل سنيف بقلق.

”انظر بنفسك،“ أجاب بابا مومين. ”البارومتر يشير إلى '00' وهذه أدنى إشارة يمكن أن يحدّدها، إذا لم يكن يخدعنا.“

لم يبد بكلّ تأكيد أن البارومتر يخدع أحدًا. فالسديم الذهبي كان قد تكثّف وتحوّل إلى ضباب رمادي الصفرة، وبعيدًا عند الأفق تجلّل البحر بسواد غريب.

”ينبغي أن نعود إلى البيت!“ قال السنورك.

”ليس بعد!“ توسّلت آنسة سنورك. ”لم يتسن لنا الوقت لنستكشف المنحدر جيدًا في الطرف الآخر! ثم إننا لم نستحم!“

”ألا يمكننا الانتظار قليلاً ونرى ما قد يحدث؟“ قال مومين ترول. ”من المؤسف أن نعود إلى البيت بعد أن اكتشفنا هذه الجزيرة!“

”إذا كانت هناك عاصفة فلن نقدر على العودة مطلقا!“ قال السنورك بحصافة.

”رائع!“ هتف سنيف بسرعة، ”في هذه الحالة نبقى هنا إلى الأبد.“

”هدوءًا يا أطفال، دعوني أفكّر!“ نهرهم بابا مومين. ثم مضى إلى الشاطئ وتنشّق الهواء، أدار رأسه في جميع الاتجاهات وعقد حاجبيه.

حينذاك تعالت دمدمة في المدى.

”رعد!“ صاح سنيف. ”آه، هذا رهيب!“

وما لبثت أن لاحت في الأفق كتلة سحاب متوعّدة. كانت داكنة الزرقة، وأقبلت تدفع أمامها مجموعة غيوم صغيرة منتفخة. وبين لحظة وأخرى أضاء البحرَ وميضُ برق عظيم.

”سنبقى،“ قرّر بابا مومين.

”الليلة بحالها؟“ صرصر سنيف.

”أعتقد هذا،“ أجاب بابا مومين. ”أسرعوا وابنوا ملجأ لأن المطر سينْزل قريبًا.“

جُرّت المغامرة من البحر إلى وسط الشاطئ، وعند طرف الغابة صنعوا بسرعة مأوى من الشراع وبعض الأغطية. سدّت ماما مومين الفجوات بالطحالب، وحفر السنورك خندقًا حولها ليجد ماء المطر مخرجًا. هرع الجميع هنا وهناك يضعون أغراضهم تحت الغطاء لتبقى سالمة. وبينما تدحرج الرعد مقتربًا، هبّت بواكير الرياح وتنهّدت بقلق بين الأشجار.

”سأذهب وأرى حال الطقس عند الحافّة،“ قال سنفكين، ثم أنزل قبعته بحزم على أذنيه وانطلق. وحيدًا وسعيدًا جرى نحو أبعد

نقطة صخرية وحمى ظهره بصخرة كبيرة.

تغيّر البحر. أصبح داكن الخضرة تتخلّله خيول بيضاء، ولمعت الصخور بصفرة فسفورية. وأقبلت العاصفة الرعدية من الجهة الجنوبية تقعقع بجلال، وسرعان ما نشرت شراعها الأسود فوق البحر، ثم حجبت به نصف السماء، وومض البرق بسناء منذر بالشؤم.

"إنه قادم نحو الجزيرة مباشرة،" فكّر سنفكين ورعشة الإثارة تسري فيه. تخيّل أنه يحلّق عاليًا فوق السحب، وربما يندفع هابطًا إلى البحر وهو يمتطي ومضة برق.

احتجبت الشمس، وتدفّق المطر مثل ستارة رمادية فوق البحر. ومع أنه ما زال عدّة ساعات قبل حلول المساء تدثّر العالم كلّه بعباءة الظلام.

استدار سنفكين، وتسلّل عائدًا فوق الصخور. وصل إلى الخيمة في الوقت المناسب، لأن قطرات المطر الثقيلة كانت قد بدأت ترتطم بقماش الشراع، في حين راحت الرياح تدفعه يمنة ويسرة. كان سنيف منكمشًا على نفسه تحت بطانية لأن الرعد أخافه. وجلس الباقون جنبًا إلى جنب بظهور منحنية. وعبقت الخيمة برائحة نماذج الهيمولين النباتية النفّاذة.

تصاعد قصف الرعد الجنوبي فوق رؤوسهم، وضاء ملجأهم الصغير مرّة تلو مرّة بوميض نور أبيض. وبينما واصل الرعد قرقعته في أرجاء السماء مثل قطار عظيم، قذف البحر أعظم أمواجه نحو الجزيرة المنعزلة.

"الحمد لله أننا لسنا في البحر،" قالت ماما مومين. "يا ربّي،
يا له من جوّ!"

دسّت آنسة سنورك يدها المرتعشة في يد مومين ترول، فغلب
عليه شعور قوي بالمسؤولية والرجولة.

وبقي سنيف كامنًا تحت بطانيته وزعق.

''إنها فوقنا تمامًا الآن،'' قال بابا مومين. وفي تلك اللحظة أضاء ومض برق عملاق الجزيرة، تلاه صوت انهيار عنيف.

''ضربت الصاعقة شيئًا ما!'' قال السنورك.

كان ذلك كلّه فوق حدود احتمال الهيمولين، فقبع ممسكًا رأسه بيديه وهو يغمغم: ''متاعب! دائمًا متاعب!''

بدأت العاصفة تتّجه جنوبًا. وراح قصف الرعد ينأى وينأى، وخفّت حدّة البرق. وفي النهاية، لم يتبق هناك سوى وقع المطر وصوت أمواج البحر وهي تتكسّر على الشاطئ.

''تستطيع الخروج الآن يا سنيف،'' قال سنفكين. ''انتهى كلّ شيء.''

حرّر سنيف نفسه من البطانية، تثاءب وحكّ أذنه وهو يشعر ببعض الحرج لأنه أحدث كلّ ذلك الهرج والمرج. ''كم الساعة؟'' سأل.

''الثامنة تقريبًا،'' أجاب السنورك.

''أعتقد أنه يجدر بنا أن ننام،'' قالت ماما مومين. ''كان هذا مزعجًا جدًا.''

''أليس من المثير أن نكتشف ما أحدثته الصاعقة؟'' قال مومين ترول.

''في الصباح،'' أجابت أمه. ''في الصباح سنكتشف كلّ شيء ونستحم. الجزيرة الآن رطبة ومظلمة وكئيبة.'' ثم غطّتهم جيدًا ومضت لتنام وحقيبة يدها تحت وسادتها.

ضاعفت العاصفة غضبها في الخارج، والبحر ما لبث أن اختلط

هدير أمواجه العاتية بأصوات ضاحكة غريبة ووقع أقدام مهرولة ورنين أجراس كبيرة. استلقى سنفكين ساكنًا واستمع إلى تلك الأصوات وهو يحلّق في عالم الأحلام، ويتذكّر رحلته حول العالم. "قريبًا، سأعود إلى الانطلاق من جديد." فكّر. "لم يحن الأوان بعد."

الفصل الرابع

وفيه تفقد آنسة سنورك شعرها بسبب هجوم الهاتيفتنيريين
الليلي، وفيه أيضًا يحدث أروع اكتشاف في الجزيرة المنعزلة.

استيقظت آنسة سنورك في منتصف الليل فزعة. شعرت بشيء
ما يلامس وجهها. لم تجرؤ على النظر، واكتفت بتشمّم ما حولها
باضطراب. كانت هناك رائحة حريق، سحبت البطانية فوق رأسها
ونادت بصوت مرتاع.
"مومين ترول، مومين ترول"
استيقظ مومين ترول على الفور وسألها ماذا تريد.
"شيء خطر هنا،" أجابه صوت مخنوق من تحت البطانية.
"يمكنني الإحساس به."

حدّق مومين ترول في الظلام. نعم، ثمّة شيء ما! أضواء خافتة.. ظلال غريبة ومشعّة تروح وتجيء بين النائمين. فزع مومين ترول وأيقظ سنفكين.

"انظر!" شهق. "أشباح!"

"لا بأس،" أجاب سنفكين. "إنهم الهاتيفتنيريون. كهربهم الجوّ، ولهذا يلمعون هكذا. ابق ساكنًا، وإلا فقد تتعرّض لصدمة كهربائية."

بدا أن الهاتيفتنيريين يبحثون عن شيء ما. اندّسوا بفضول بين السلال يتفقّدون ما فيها، وازدادت حدّة رائحة الاحتراق في المكان. فجأة تجمّعوا كلّهم في الزاوية حيث ينام الهيمولين.

"هل تظن أنهم يلاحقونه؟" سأل مومين ترول بقلق.

"لا شكّ أنهم يبحثون عن البارومتر،" قال سنفكين. "حذّرته من أخذه. وها قد وجدوه الآن."

تشبّث الهاتيفتنيريون كلّهم بالبارومتر، بعد أن صعدوا فوق الهيمولين ليحكموا الإمساك به. وفي هذه الأثناء غدت رائحة الاحتراق قوية جدًا جدًا.

استيقظ سنيف وبدأ ينشج، وفي اللحظة عينها تصاعدت صرخة ثاقبة؛ لقد داس هاتيفتنيري على أنف الهيمولين.

وفي الحال استيقظ الجميع وهبّوا واقفين. عمّت الفوضى. داسوا على الهاتيفتنيريين وأصيب سنيف بصدمة كهربائية، واندفع الهيمولين هنا وهناك يزعق رعبًا، ثم لفّ نفسه بالشراع فانهارت الخيمة عليهم. كان ذلك مخيفًا حقًا.

زعم سنيف لاحقًا أنهم استغرقوا ما يقارب الساعة قبل أن يجدوا طريقهم خارج الشراع. (ربما بالغ قليلاً.)

عندما استطاعوا الفكاك أخيرًا كان الهاتيفتنيريون قد اختفوا في الغابة بالباروميتر. ولم يشعر أي منهم بأدنى رغبة في ملاحقتهم.

انبرى الهيمولين ينوح راثيًا حاله، دسّ أنفه في الرمل ونشج: "هذا فوق الاحتمال. لماذا لا يستطيع عالم نبات مسكين أن يعيش حياته بسلام وسكينة؟"

"الحياة ليست مسالمة،" أخبره سنفكين بنبرة حاسمة.

"انظروا يا أطفال!" هتف بابا مومين، "انقشع الجوّ، وقريبًا سيطلع الصباح."

ارتعشت ماما مومين وقبضت على حقيبة يدها وعيناها تنظران بعيدًا صوب بحر الليل الهائج. "هل نشيّد مأوى جديدًا ونحاول النوم ثانية؟" سألت.

"لن يجدي هذا،" قال مومين ترول. "سنلتفّ بالبطانيات وننتظر مشرق الشمس."

وهكذا جلسوا متلاصقين في صفّ عند الشاطئ، وقبع سنيف في وسطهم معتبرًا أن موضعه ذاك هو الأكثر أمانًا.

واصلت الأمواج تكسّرها الهادر على صخور الشاطئ، على الرغم من أن الليل انقضى تقريبًا، والعاصفة نأت بعيدًا. ثم شيئًا فشيئًا بدأت السماء في ظلّ الجوّ القارس تشحب من ناحية الشرق. ومع إطلالة الفجر الأولى، لمحوا الهاتيفتنيريين يرحلون، والزوارق المكتظّة بهم تنزلق كأنها الأشباح من وراء رأس الجزيرة، وتجدف

صوب قلب البحر.

تنفّس الهيمولين الصعداء. "أرجو ألا أرى أي هاتيفتنيري في حياتي مرة أخرى."

"لا شكّ أنهم في طريقهم إلى البحث عن جزيرة جديدة لهم،" قال سنفكين غابطًا إياهم. "جزيرة سرّية لن يعثر عليها أحد مطلقًا!" أردف وهو يلاحق الزوارق الصغيرة بعينين يملأهما التوق.

عندما لاح أول شريط ذهبي في الأفق الشرقي، كانت آنسة سنورك نائمة ورأسها في حضن مومين ترول. وفيما بدأت بضع غيوم صغيرة نسيتها العاصفة تتحوّل إلى ما يشبه الأصداف الوردية الناعمة، رفعت الشمس رأسها الوضاء فوق البحر.

انحنى مومين ترول ليوقظ آنسة سنورك، وفجأة لاحظ شيئًا فظيعًا. اكتشف أن زغب رأسها الناعم قد احترق. لا بدّ أن هذا

حدث عندما لامسها الهاتيفتنيريون وهم يمرّون قربها. ماذا ستقول؟ وكيف يخفّف عنها؟ إنها لكارثة!

فتحت آنسة سنورك عينيها وابتسمت. "أتعلمين،" بدأ مومين ترول بعجالة، "ثمة شيء غريب جدًا، أنا مع مرور الزمن بدأت أفضّل البنات القرع!"

"حقًا؟" هتفت آنسة سنورك وفي عينيها نظرة دهشة. "وما السبب؟"

"الشعر يوحي بعدم الترتيب،" أجاب مومين ترول. وفي الحال رفعت آنسة سنورك يدها لتربّت شعرها.

ويا حسرتاه! كلّ ما استطاعت يدها الإمساك به لم يتعدّ خصلة صغيرة محترقة راحت تحدق فيها بجزع.

"أصبحت قرعاء،" قال سنيف.

"هذا يناسبك حقًا،" واساها مومين ترول. "رجاءً لا تبكي!"

لكنها رمت نفسها على الرمل وندبت بحرقة خسارة تاج عزّها.

تحلّق الجميع حولها يحاولون التخفيف عنها، إنما بدون جدوى. "اسمعي،" قال الهيمولين، "ولدتُ أصلع، وأنا منسجم مع هذا تمامًا."

"سنفرك رأسك بالزيت، وبذلك سينمو شعرك من جديد بدون أدنى شكّ،" قال بابا مومين.

"وحينها سيصبح مجعدًا جدًا!" أضافت ماما مومين.

”أحقا؟“ نشجت آنسة سنورك.

”بالطبع يا صغيرتي،“ طمأنتها ماما مومين. ”فكّري كم ستبدين حلوة بشعر أجعد!“ وهكذا توقّفت آنسة سنورك عن البكاء وجلست.

”انظروا كم هي رائعة الجزيرة!“ هتف سنفكين وهو يتأمّل الجزيرة التي غُسلت بماء المطر، وامتدت متلألئة في نور الصباح الباكر. ”سأعزف أغنية صباحية،“ تابع ممسكًا الهرمونيكا، ومن ورائه غنى الجميع بشغف:

لا داعي للخوف أو القلق أو البكاء
ففي كلّ منا ما زالت الحياة تنبض.
الهاتي، فردًا فردًا، أبحروا
نحو الشمس المشرقة.
ولن نشقى بعد اليوم
في ملاحقة الجمال، فسنوركيتنا
أبدًا ستحظى بخصل مجعدة.

”هيا بنا نستحم،“ صاح مومين ترول. وسرعان ما لبس الجميع ثياب السباحة واندفعوا نحو الأمواج، (ما عدا الهيمولين وماما مومين وبابا مومين الذين رأوا أن الجوّ ما زال باردًا جدًا).

تلاحقت أمواج ذات خضرة لامعة تخالطها أمواج بيضاء على الرمل. ياه! يا لروعة أن تكون من المومين وأن ترقص بين الأمواج

والشمس تطلع! نسوا أحداث ليلتهم، وامتدّ أمامهم يوم حزيراني طويل مشوّق. غاصوا مثل الدلافين بين الأمواج، وأبحروا على متنها إلى الشاطئ حيث قعد سنيف يلهو عند الماء الضحل. أما سنفكين فعام على ظهره بعيدًا عنهم وعيناه تتأمّلان السماء بلونيها الأزرق والذهبي.

في هذه الأثناء انهمكت ماما مومين في تحضير القهوة، ثم بحثت عن وعاء الزبدة الذي طمرته في الرمل الرطب لتحميه من الشمس. لكنها بحثت عبثًا، لأن العاصفة جرفته بعيدًا. ''آه يا ربي، ماذا سأضع لهم في الشطائر؟'' ناحت.

''لا يهم،'' قال بابا مومين. ''سنرى ما إذا أعطتنا العاصفة شيئًا آخر بدلاً منه. سنقوم بعد القهوة بجولة تفقّدية على طول الشاطئ ونرى ماذا جرف لنا البحر!'' وهذا ما فعلوه.

في أبعد طرف من الغابة كانت الصخور الملساء اللامعة تنبثق

عاليًا عن مستوى البحر، وهناك يمكنك العثور على بقع رملية منثورة بالقواقع (ساحات رقص الحوريات الخاصة) وبأصداف سوداء غامضة تهدر فيها الأمواج، كما لو أنها تقرع بابًا حديديًا. في الحقيقة كان هناك كهوف ودوامات تغرغر فيها شتى أنواع الأشياء المثيرة التي يمكن العثور عليها.

مضى كلّ منهم بمفرده ليرى ما الذي جرفه البحر. (هذا أكثر الأمور إثارة، لأنك تستطيع العثور على أغرب الأشياء، وغالبًا ما يكون إنقاذها من البحر صعبًا وخطرًا.)

سلكت ماما مومين طريقها نزولاً إلى بقعة رملية صغيرة متوارية بين بعض الصخور الضخمة، تعجّ بالقرنفل البحري الأزرق، وبالشوفان الذي اهتزّ وصفّر كلّما شقّت الريح طريقها بين قصباته الرفيعة. استلقت في موضع ظليل لا يمكن أن ترى منه سوى السماء الزرقاء والقرنفل المتماوج فوق رأسها. ''سأستريح قليلاً،'' فكّرت. بيد أنها سرعان ما استغرقت في النوم على الرمل الدافئ.

جرى السنورك إلى قمّة أعلى تلّ ونظر حوله. استطاع تفحّص المنطقة من الشاطئ إلى الشاطئ، وبدت الجزيرة له كأنها تعوم مثل زنبقة ماء عملاقة في البحر المضطرب. من موقعه لمح سنيف يبحث عن الحطام، ولمح قبعة سنفكين، ورأى الهيمولين يستخرج زهرة سحلبية نادرة من الأرض.. وإذ نظر بعيدًا، خيّل إليه أنه لمح الموضع الذي ضربه البرق! فقد لاحظ وجود جرف رهيب، أكبر بعشر مرات من بيت المومين، مشطورًا بسبب البرق مثل تفاحة، ونصفاه مائلان على الجانبين وبينهما شقّ عميق. مضى السنورك إلى الشقّ

وتسلّقه وهو يرتعش. أمعن النظر في السطحين الصخريين للجرف الذي فلقه البرق. كان الصخر بسواد الأبنوس، وخلاله جرى عرق لامع برّاق. أهو عرق ذهب! نعم لا ريب أنه ذهب!

طعن السنورك السطح الصخري بمطواته. فتحرّرت ذرّة من الذهب وسقطت في كفّه. وفي الحال انهمك يستخرج قطعة وراء قطعة مشتعلاً بحمّى الإثارة والحصول على مزيد من القطع الكبيرة. بعد فترة من الوقت غفل عن كلّ شيء حوله ما عدا عرق الذهب اللامع الذي أخرجه البرق إلى النور. ما عاد من الذين يمشطون الشاطئ الآن بحثا عن الحطام، بل أصبح من مستخرجي الذهب!

في هذه الأثناء، عثر سنيف على غنيمة متواضعة غمرته بالسعادة. وجد حزام سباحة، لحقه شيء من العفن من ماء البحر، إلا أنه ناسبه جيدًا. "يمكنني الآن التوغّل في البحر،" فكر، "وأجزم بأنني قريبًا سأصبح سبّاحًا ماهرًا كالآخرين. ألن يدهش مومين ترول؟" على مسافة أبعد بقليل، بين لحاء شجر البتولا المتناثر والفلين والأعشاب البحرية، وجد حصيرة من ليف النخل، ومغرفة مكسورة وجزمة قديمة بدون كعب. كنوز رائعة عندما تغنمها من البحر! ثم في المدى لمح مومين ترول واقفًا في الماء يجاهد محاولاً إخراج شيء من البحر؛ شيء كبير! "مؤسف أنني لم أره قبله!" فكّر سنيف. "ما هو بحقّ الله؟"

نجح مومين ترول أخيرًا في إخراج غنيمته من الماء، وراح يدحرجها أمامه نحو الشاطئ. مطّ سنيف عنقه وحينها ميّز ذلك الشيء. طوف! طوف كبير وبديع!

"ياهوووه!" صاح مومين ترول، "ما رأيك بهذا؟"

"لطيف جدًا،" اعترف سنيف على مضض ورأسه مائل جانبًا.

"وما رأيك بهذه؟" وعرض غنائمه على الرمل.

"حزام السباحة جميل،" أجاب مومين ترول. "إنما ما فائدة نصف مغرفة؟"

"قد تنفع إذا نزحت بها الماء بسرعة،" قال سنيف. "اسمع! ما رأيك أن نتبادل؟ حصيرة الليف والمغرفة والجزمة مقابل ذلك الطوف القديم؟"

"ليس في حياتك!" أجاب مومين ترول. "ربما حزام السباحة

مقابل هذا الشيء النادر الذي لا بدّ أنه جُرف إلى هنا من أرض نائية." ثم عرض عليه كرة زجاجية وهزّها. حينها تصاعدت كتلة من الثلج داخلها واستقرّت بالتدريج على بيت صغير بنوافذ من ورق فضي.

"أوه!" هتف سنيف وصراع عنيف يعتمل فيه، لأنه لم يطق التخلّي عن أي من غنائمه ولا حتى مقابل شيء آخر.

"انظر!" كرّر مومين ترول وهزّ الثلج مرة أخرى.

"لا أدري،" قال سنيف بتردّد، "لا أدري حقًا أيها أحبُّ أكثر، حزام السباحة أم عاصفتك الثلجية."

"أنا واثق تمامًا من أنها في الوقت الراهن هي الوحيدة من نوعها في العالم،" قال مومين ترول.

"لا أستطيع التخلّي عن حزام السباحة!" ناح سنيف. "يا مومين ترول يا صديقي ألا يمكننا أن نتشارك في عاصفة الثلج الصغيرة؟"

"ممم،" همهم مومين ترول.

"ألا تسمح لي بحملها أحيانًا؟" استعطفه سنيف. "أيام الأحد مثلاً؟"

فكّر مومين ترول قليلاً ثم قال: "طيب، لا بأس! يمكنك الحصول عليها في أيام الأحد والأربعاء."

كان سنفكين يتسكّع وحده لا ترافقه إلا الأمواج. وحظي بوقتٍ رائع وهو يقفز بعيدًا عن طريقها في اللحظة الأخيرة، وينبري ضاحكًا كلّما فشلت في مهاجمة جزمته.

وراء رأس الجزيرة مباشرة صادف بابا مومين الذي انهمك في إنقاذ مجموعة من الخشب الطافي.

"جيد، ها؟" قال بابا مومين من بين أنفاسه. "نستطيع بناء مرسى للمغامرة بهذا الخشب!"

"هل أساعدك في جرّه إلى اليابسة؟" سأله سنفكين.

"لا، لا!" رفض بابا مومين وقد أغاظه السؤال قليلاً. "أستطيع تدبّره وحدي. لماذا لا تجد لنفسك شيئًا لتجرّه؟"

على الرغم من وجود كمّ هائل من الأشياء التي يمكن إنقاذها، لم يثر أي منها اهتمام سنفكين؛ براميل صغيرة، نصف كرسي، سلّة بدون قعر، طاولة كيّ، كلّها أشياء ثقيلة مزعجة. حشر سنفكين يديه في جيبيه وصفّر. فضّل إغاظة الأمواج.

بعيدا عند رأس الجزيرة مضت آنسة سنورك تسلك طريقها بين الصخور، وقد زيّنت جبينها المحروق بإكليل من زنابق البحر. رغبت في العثور على شيء يدهش الجميع ويثير غيرهم. وبعد أن يبدوا إعجابهم به تعطيه لـــمومين ترول. هذا إذا لم يكن شيئًا يمكنها الاستفادة منه لتجمّل نفسها. عانت في تسلّق الصخور، ومع أن الريح لم تهبّ بقوة شديدة، بدأ تاجها يتطاير. في تلك الآونة غيّر البحر لونه من أخضر هائج إلى أزرق وديع، وما عادت الأمواج تزمجر متوعّدة، بل راحت تقذف رذاذها بروح مرحة. نزلت آنسة سنورك إلى شاطئ محصّب يتاخم الماء، و لم تلمح هناك شيئًا سوى بعض أعشاب البحر وبقايا من قطع الخشب الطافي. فتقدّمت نحو رأس الجزيرة والأسى يعتمل في صدرها. "محزن أن يحقّق الجميع

أشياء كثيرة ما عداي،" فكّرت. "يعثرون على طاقية سحرية، يأسرون أسد النمل، ويغنمون بارومتر. كم أتمنى القيام بعمل هائل، وحدي، وأثير إعجاب مومين ترول."

تنهّدت ورنت إلى الشاطئ المقفر. فجأة، كاد قلبها يتوقّف عن الخفقان، فعند لسان الجزيرة تمامًا رأت شيئًا ما يروح ويجيء في الماء الضحل! شيء يعادل حجمه حجم سنوركية صغيرة!

"سأجري وأجلب الآخرين حالاً،" فكّرت، ثم عادت وتوقّفت، مقنعة نفسها بأن لا داعي للخوف، وأن عليها إلقاء نظرة قريبة لترى ما هو ذاك الشيء المخيف. فمضت إليه بأوصال مرتعدة، لتكتشف أنه ليس أكثر من هيكل عملاقة، عملاقة بدون ساقين! يا للفظاعة! تابعت تقدّمها بخطوات متعثّرة، ووجدت بانتظارها المفاجأة الأكبر؛ كانت العملاقة من الخشب، بديعة الجمال، ذات خدين ورديين وشفتين حمراوين، وعيناها الزرقاوان المستديرتان بدتا ضاحكتين من خلال الماء الرقراق. أما شعرها الطويل الأزرق كزرقة عينيها، فتهدّلت خصلاته فوق كتفيها. "إنها ملكة،" تمتمت آنسة سنورك باحترام وهي تتأمّل يدي المخلوقة الجميلة المتشابكتين فوق صدرها المزين بزهور وسلاسل ذهبية، وثوبها الأحمر الهفهاف. كانت كلّها من الخشب المدهون. الشيء الغريب الوحيد فيها هو أنها بلا ظهر.

"إنها كثيرة جدًا على مومين ترول، إلا أنه سيحصل عليها في جميع الأحوال!" فكّرت آنسة سنورك. وعندما جدفت نحو المرسى قبيل المساء وهي جاثمة فوق الملكة، انضمّت إلى الباقين ومشاعر

الزهو تكتنفها.

‟هل وجدت قاربًا؟‟ سألها السنورك.

‟رائع أن تعثري عليها وحدك،‟ قال مومين ترول بإعجاب.

‟هذا تمثال مقدمة سفينة،‟ أوضح بابا مومين الذي جاب في صباه البحار السبعة. ‟يحبّ البحارة أن يزيّنوا مقدمات سفنهم بملكة خشبية جميلة.‟

‟ولماذا؟‟ سأله سنيف.

‟أوه، أفترض لأنهم يحبّون النساء،‟ قال بابا مومين. ‟لماذا ليس لها ظهر؟‟ سأل الهيمولين.

‟إنها تُثبّت إلى جؤجؤ السفينة طبعًا،‟ قال السنورك. ‟حتى

الطفل يمكنه أن يدرك هذا!"

"من المؤسف أنها أضخم من أن تثبّت على المغامرة!" علّق سنفكين.

"أوه، يا للسيدة الجميلة!" تنهّدت ماما مومين. "تخيّلوا أن يكون المرء بهذا الجمال، ولا يجني منه أي سعادة!"

"ماذا تنوين أن تفعلي بها؟" سأل سنيف.

غضّت آنسة سنورك بصرها وابتسمت، ثم قالت: "أعتقد أنني سأعطيها لمومين ترول."

عجز مومين ترول عن الكلام، وتورّد وجهه كثيرًا، تقدّم منها وانحنى. وردّت هي التحية بحياء، وشعرا معًا بشيء من الإحراج.

"انظري،" قال السنورك لأخته. "لم تري ماذا وجدت!" وأشار باعتزاز إلى كومة عظيمة من الذهب البرّاق استقرّت على الرمل.

كادت عيناها تخرجان من رأسها. "ذهب حقيقي!" هتفت من بين أنفاسها.

"وهناك الكثير منه بعد،" فاخر السنورك. "جبل من الذهب!"

"سمح لي السنورك أن أحتفظ بأي قطعة تسقط منه!" أخبرها سنيف متباهيًا.

أوه! كم أشاد كلّ منهم بغنائم الآخر هناك عند الشاطئ! لقد

أصبحت عائلة المومين غنية فجأة. ولكن بالطبع بقي أروع تلك الغنائم تمثال مقدمة السفينة والعاصفة الثلجية الصغيرة في الكرة الزجاجية. ولا ريب أن المغامرة ناءت بحملها، وهي تبحر بعيدًا عن

الجزيرة المنعزلة بعد العاصفة، وخلفها يعوم طوف كبير حاملاً حطام الخشب الذي جمعوه. تألّفت حمولتهم من الذهب والعاصفة الثلجية الصغيرة، والطوف الرائع، والجزمة، والمغرفة، وحزام السباحة، وحصيرة الليف. وعند المقدمة استقرّت الملكة الخشبية ترنو إلى البحر. وإلى جانبها جلس مومين ترول ويده على شعرها الأزرق الجميل، والسعادة العارمة تكتنفه.

لم تستطع آنسة سنورك أن ترفع عينيها عنه وعن الملكة الخشبية.

"أوه، ليتني جميلة مثلها،" فكّرت. "لكن لم يعد لدي شعر."

وسرعان ما فارقها الشعور بالبهجة.

"أتعجبك الملكة الخشبية؟" سألت مومين ترول.

"كثيرًا! "أجاب بدون أن ينظر إليها.

''ألم تقل بأن البنات ذوات الشعر لا يرقن لك؟'' قالت، ''ثم إنها مدهونة بالطلاء فقط!''

''إنها مدهونة بطريقة رائعة!'' أجاب مومين ترول.

فاق هذا طاقة احتمال آنسة سنورك. حملقت في البحر والغصّة في حلقها وبدأ لونها يمتقع. ''هذه الملكة الخشبية تبدو سخيفة جدًا!'' قالت أخيرًا.

حينها رفع مومين ترول عينيه ونظر إليها.

''ما سبب شحوبك؟'' سألها بدهشة.

''أوه، لا شيء على وجه التعيين!'' غمغمت.

حينها غادر جؤجؤ المركب وجلس قربها، وبعد برهة قال: ''أتعلمين، الملكة الخشبية تبدو فعلاً سخيفة.''

''نعم، أليس كذلك؟'' وافقته آنسة سنورك وما لبثت أن بدأت تستعيد لونها ثانية.

”هل تتذكّرين الفراشة الذهبية التي رأيناها معًا؟“ سألها، فأومأت برأسها إيجابًا، متعبة وسعيدة في آن.

بعيدًا، استلقت الجزيرة المنعزلة متوهّجة بنور الغروب.

”تُرى، ماذا تنوون أن تفعلوا بذهب السنورك؟“ تساءل سنفكين.

”أظن أننا سنُزيّن به حافات مشاتل الأزهار،“ قالت ماما مومين. ”الكبيرة فقط طبعًا، لأن الصغيرة تبدو تافهة.“

وبينما تهادت المغامرة برفق ميممة البيت، راقبوا بصمت الشمسَ تغطس في البحر، والألوان البهية تتحوّل زرقاء وبنفسجية.

الفصل الخامس

وفيه نقرأ عن صيد سمكة الماميلوك وكيف تحوّل بيت المومين إلى غابة.

كانوا في أواخر تموز تقريبًا، وخلاله غدا الجوّ في وادي المومين قائظًا جدًا، وحتّى الذباب ما اهتم بالطنين آنذاك. بدت الأشجار مصابة بالإعياء، والنهر الذي ما عاد مناسبًا لعصير العليق، تدفّق ضيقًا وبُنيًّا خلال الريف الأغبر. أما طاقية الساحر التي فضّلوا استرجاعها فاستقرّت على خزانة الأدراج تحت المرآة.

يومًا بعد يوم واصلت الشمس شنّ هجومها على الوادي الصغير المتواري بين التلال. فاضطرت الزواحف الصغيرة إلى الاختباء في فيء الظلال الباردة، ولزمت الطيور الصمت، وأصبح مومين ترول ورفاقه نزقين، وكثيرًا ما دبّ الشجار بينهم.

"ماما،" قال مومين ترول، "اخترعي لنا شيئًا نعمله! نحن نتشاجر فقط، والجو حارّ جدًا!"

"نعم يا صغيري،" قالت، "لاحظت هذا! وسيسرّني أن أتخلّص منكم لفترة. ماذا لو ذهبتم إلى الكهف لبضعة أيام؟ الهواء أبرد هناك، ويمكنكم أن تسبحوا وتسترخوا طوال اليوم بدون أن تزعجوا أحدًا."

"هل نستطيع النوم في الكهف؟" سأل مومين ترول بلهفة.

"بالتأكيد،" أجابت ماما مومين. "ولا ترجعوا إلى البيت إلا حين تتحسّن أمزجتكم."

كان الإيواء إلى الكهف مثيرًا حقًا. حطّوا مصباحا زيتيًا في منتصف الأرض الرملية، ثم حفر كلّ واحد منهم جحرًا لنفسه وأعدّ فيه سريرًا له. قسّموا المؤونة إلى ستة أجزاء كبيرة متساوية؛ تضمّنت حلوى الزبيب ومربّى القرع، والموز، وأصابع المرصبان والذرة الحلوة، وكذلك فطيرة لفطور اليوم التالي.

هبّت نسمة متواضعة وهي تمهمه بحزن على امتداد الشاطئ المقفر، في حين غرقت الشمس في وهج أحمر مالئة الكهف بأشعتها الأخيرة: رسالة تذكير بالظلام الغامض الذي على وشك الحلول. انبرى سنفكين يعزف على الهارمونيكا، وأراحت آنسة سنورك رأسها بشعرها الأجعد على حضن مومين ترول. وسرعان ما بدأ كلّ واحد منهم يشعر بالاسترخاء بعد تناول حلوى الزبيب. وبينما تسلّلت العتمة خلسة إلى الكهف، زحف إليهم جميعًا شعور غريب لطيف.

أخبرهم سنيف للمرّة المئة أنه هو من عثر على الكهف أولاً. وعلى غير المعتاد لم يهتم أحد بزجره.

عندما حلّ المساء، أشعل سنفكين المصباح وسألهم: "هل أروي لكم حكاية مخيفة؟"

أراد الهيمولين أن يعرف فورًا إلى أي حدّ هي مخيفة.

إلى هذه الدرجة تقريبًا، قال سنفكين وهو يفتح ذراعيه على سعتهما. "إذا كنت خبيرًا!"

"لا، لستُ كذلك!" ردّ الهيمولين. "امض في حديثك يا سنفكين، وسأعْلمك عندما ينتابني الخوف."

طيب، قال سنفكين. ”إنها قصة غريبة، سمعتها من العقعق. حسنًا، اسمعوا، في آخر العالم يستقرّ جبل يجعلكم ارتفاعه الشاهق تشعرون بالدوار من مجرد التفكير فيه. هو أسود كالسخام، وأملس كالحرير، حادّ جدًا، وحيث ينبغي أن يكون قاعه، لا شيء هناك سوى الغيوم. وعاليًا على رأسه يستقرّ بيت الساحر، وهو يبدو هكذا،“ ورسم سنفكين بيتًا على الرمل.

”أله نوافذ؟“ استفسر سنيف.

”لا،“ أجاب سنفكين، ”ولا باب أيضًا، لأن الساحر يذهب إلى البيت دائمًا عن طريق السماء ممتطيًا نمرًا أسود. وهو يخرج كلّ ليلة ويجمع الياقوت في طاقيته.

ماذا قلت؟ سأله سنيف وعيناه تكادان تخرجان من رأسه. ”ياقوت! من أين يحصل عليه؟“

”يستطيع الساحر أن يحوّل نفسه إلى أي شيء يريده، أجاب سنفكين، ”ولذلك يمكنه الزحف تحت الأرض، ويمكنه الوصول إلى قاع البحر حيث تستقرّ الكنوز الدفينة.“

”وماذا يفعل بكلّ تلك الأحجار الكريمة؟“ سأل سنيف بحسد.

”لا شيء، هو يجمعها فقط،“ قال سنفكين. ”مثلما يجمع الهيمولين النباتات.“

”ها، ما ذاك؟“ همهم الهيمولين وهو يفيق في جحره.

”كنت أقول إن الساحر لديه بيت مكتظّ بالياقوت،“ تابع سنفكين. ”وهذا الياقوت مكدّس أكوامًا في المكان كلّه، ومرصوص على الحيطان مثل عيون وحوش برية. ليس لبيت الساحر سقف،

Tove

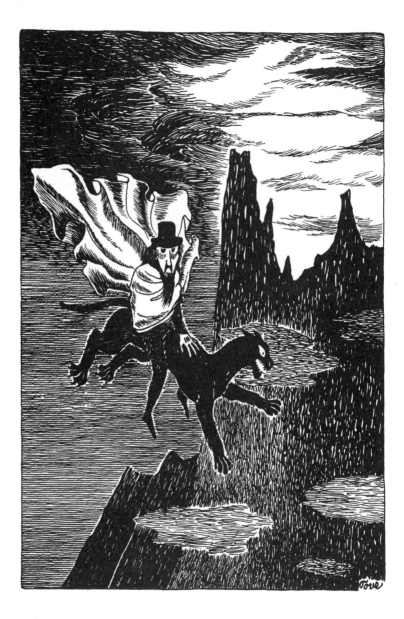

والغيوم التي تسبح فوقه حمراء بلون الدم بسبب انعكاس الياقوت عليها. وعيناه حمراوان أيضًا، وتلمعان في الظلام!

"بدأت أخاف الآن،" قال الهيمولين. "خذ حذرك وأنت تتابع الحكاية."

"يا له من مخلوق سعيد، هذا الساحر،" هتف سنيف.

"ليس كذلك على الإطلاق،" أجاب سنفكين، "ولن يشعر بالسعادة حتى يحصل على ياقوتة الملك. إنها تقريبًا بحجم رأس نمر أسود، والنظر إليها يشبه التطلّع إلى ألسنة لهب. بحث الساحر عن ياقوتة الملك في جميع الكواكب بما فيها نبتون، ولم يجدها. والآن رحل إلى القمر ليبحث في الحفر هناك، وهو بلا أمل كبير بالنجاح، ففي صميم قلبه يعتقد الساحر أن ياقوتة الملك على الشمس، حيث لا يستطيع أبدًا الذهاب لأنها حارّة جدًا.

وهل هذا صحيح؟ سأل السنورك بصوت متشكّك.

"صدّق ما تشاء،" قال سنفكين بلا مبالاة وهو يقشّر موزته. "هل تعرفون ماذا يقول العقعق؟ يقول للساحر طاقية سوداء طويلة، طاقية فقدها عندما رحل إلى القمر قبل شهرين."

"أنت لا تعني ما تقول!" صاح مومين ترول، وصدرت عن الآخرين ضجّة حماسية.

"ها، ما ذاك؟" استفسر الهيمولين، "ما القضية؟"

"الطاقية،" أخبره سنيف. "الطاقية الطويلة السوداء التي وجدها في الربيع الماضي: طاقية الساحر!"

أومأ سنفكين برأسه مؤكّدًا.

”ماذا لو جاء يبحث عن طاقيته؟“ سألت آنسة سنورك بأوصال مرتعدة. ”لن أجرؤ أبدًا على النظر في عينيه الحمراوين.“

”يجب أن نتكلّم مع ماما بهذا الشأن،“ قال مومين ترول. ”هل المسافة بعيدة إلى القمر؟“

بعيدة جدًا، أجاب سنفكين. ”ثم إن الساحر بدون شكّ سيستغرق وقتًا طويلاً في تنقيب جميع الحفر هناك.“

حلّ صمت متوتر لبعض الوقت، بينما كلّ واحد منهم يفكّر في الطاقية التي على خزانة الأدراج تحت المرآة في البيت.

زِد نور المصباح قليلاً، دمدم سنيف.

فجأة هبّ الهيمولين وقال: ”هل سمعتم شيئًا في الخارج؟

حدّقوا في فتحة الكهف السوداء وأصغوا، فتناهت إليهم أصوات قرع خافت.. أتراها وقع خطوات نمر!

”لا شيء إلا المطر،“ قال مومين ترول. ”ها قد جاء المطر أخيرًا. سنتمكّن الآن من النوم قليلاً.

وهكذا زحفوا نحو جحورهم وتغطّوا بالبطانيات. أطفأ مومين ترول المصباح، وما لبث أن استغرق في النوم وهمس المطر يتردّد في الخارج.

استيقظ الهيمولين على حين غرّة فزعًا. رأى في نومه أنه في مركب صغير يسرّب الماء، وأن الماء بلغ ذقنه. ثم اكتشف والخوف يعتمل فيه أن الحلم تحوّل إلى حقيقة. كان المطر قد نفذ إلى الكهف من السقف خلال الليل، ووجدت سيوله الجارفة مصرفًا لها في

حفرة الهيمولين التعيس.

"يا بؤسي أنا!" راح يئنّ، ثم عصر ثوبه ومضى ليتفقّد الجوّ الذي بدا رماديًا ونديًا وكئيبًا. تمنّى لو أن لديه أدنى رغبة في الاستحمام. "كان الجوّ في الأمس حارًا جدًا، واليوم رطب أكثر من اللازم. سأدخل وأحاول الرقاد ثانية،" قال لنفسه.

لاحظ أن جحر السنورك الرملي جافّ.

"انظر!" بادره الهيمولين قائلاً، "تصرّف المطر في سريري."

"حظّك سيئ،" أجاب السنورك واستدار على جانبه الآخر.

"لذلك، أرى أن أشاركك سريرك،" أعلن الهيمولين، "ممنوع الشخير الآن!"

بيد أن السنورك واصل النوم وشخر قليلاً. حينها ضجّ قلب الهيمولين بالرغبة في الانتقام، فحفر خندقًا بين حفرته وحفرة السنورك.

"فعلتك هذه ليست هيمولينية على الإطلاق!" قال السنورك وهو يعتدل ببطانيته المبللة. "يدهشني أن يكون لديك دماغ للتفكير في هذا."

"إيه.. أنا نفسي مندهش،" أجاب الهيمولين. "والآن، ماذا سنفعل اليوم؟"

أخرج السنورك أنفه من فتحة الكهف ونظر إلى السماء والبحر. ثم قال بثقة: "سنذهب للصيد. أيقظ الآخرين بينما أجهّز المركب." ومضى يشقّ طريقه فوق الرمل النَدي قاصدًا منصّة المرفأ التي بناها بابا مومين، ووقف يتنشّق هواء البحر. كان البحر ساكنًا،

والمطر يتساقط بلطف، مشكّلا بكلّ قطرة من قطراته حلقة في الماء المتلألئ. هزّ السنورك رأسه برضا، وأخذ أطول خيط صنارة. ثم سحب شبكة الصيد وزوّد الخطاطيف بالطعم وهو يدندن أغنية سنفكين الخاصة بالصيد.

كان كلّ شيء جاهزًا عندما غادر الآخرون الكهف.

"ها! ها أنتم أخيرًا، هتف السنورك. "همول، أنزِل السارية وضع مساند المجاديف."

"هل نحن مضطرون لصيد السمك؟" تذمّرت آنسة سنورك. "لا شيء يحدث مطلقًا عندما نصطاد، وأنا أشعر بحزن بالغ على الكراكي الصغيرة."

"اليوم سيحدث شيء،" قال أخوها. "اجلسي في مقدمة السفينة لتكوني بعيدة عن طريقنا."

"دعني أساعد،" صرصر سنيف وهو يمسك خيط الصنارة. ثم قفز إلى حافة المركب فمال جانبًا، وبذلك تشابك الخيط مع مساند

المجاديف والمرساة.

"رائع!" قال السنورك ساخرًا. "رائع جدًا. خبير بالبحر تمامًا، والنظام في المركب وما إلى ذلك. وفوق كلّ شيء تقدّر جهود الآخرين، ها!"

"لن توبّخه؟" سأل الهيمولين بارتياب.

"أوبّخ؟ أنا؟" هتف السنورك وضحك ضحكة استهزاء. "هل لدى القبطان ما يقوله؟ مطلقًا! اسحب خيط الصنارة بحذر، فقد يمسك فردة حذاء قديمة!" وبهذا تراجع إلى مؤخرة السفينة وغطّى رأسه بقماش مشمع.

"آه يا ربّي!" تنهّد مومين ترول. "يُستحسن أن تتسلّم المجاديف يا سنفكين بينما نتخلّص من هذه الفوضى. سنيف، أنت أحمق."

"أعرف،" قال سنيف والسرور يعتمل في صدره لأن لديه ما يعمله. "من أي طرف نبدأ؟

من الوسط، أجاب مومين ترول، "ولا تدع ذيلك يعلق أيضًا.

ثم جدف سنفكين المركب، وانسابت المغامرة ببطء نحو وسط البحر.

بينما أخذت هذه الأحداث مجراها كانت ماما مومين تتحرّك بحيوية والشعور بالرضا يغمرها؛ المطر ينهمر بلطف على الحديقة، وفي كلّ مكان يسود السلام والنظام والسكينة.

"الآن سينمو كلّ شيء!" قالت ماما مومين لنفسها. وآه، كم هو رائع أن عائلتها بعيدة وآمنة في الكهف! قرّرت القيام ببعض

عمال الترتيب، وبدأت تجمع الجوارب، وقشور البرتقال، وأحجار مومين ترول النادرة، وقطعًا من لحاء الشجر، ومختلف أنواع الأشياء لغريبة. في الأحواض غير المسوّرة وجدت بعض النباتات الوردية لمعمرة السامّة التي نسي الهيمولين وضعها في مكبس النباتات. فلفّتها على شكل كرة وهي مستغرقة في الاستماع إلى دندنة المطر لمحببة. "كلّ شيء سينمو الآن!" قالت مرة أخرى، وبدون تفكير في ما تفعله ألقت تلك الكرة في طاقية الساحر. ثم صعدت إلى غرفتها لتأخذ قيلولة. (لأن ماما مومين تحبّ كثيرًا أن تقيل بينما لمطر يطقطق على السطح).

في هذه الأثناء استقرّت صنارة السنورك الطويلة في أعماق لبحر.. تنتظر. وبعد الانتظار لساعتين، بدأت آنسة سنورك تتململ.

"الترقّب هو أفضل جزء،" أخبرها مومين ترول. "قد يكون هناك شيء عالق في أحد الخطاطيف." (هذه الصنارة متعدّدة لخطافات).

ندّت عن آنسة سنورك تنهيدة صغيرة. "أنت تعرف أنك عندما تدلّي الخيط يكون فيه طعم، وعندما تسحبه تكون فيه سمكة..."

"وقد لا يكون هناك أي شيء بتاتًا،" قال سنفكين.

"أو يكون فيه أخطبوط،" أعلن الهيمولين.

"البنات لا يفهمن هذه الأمور،" قال السنورك. "لنبدأ الآن في سحبه. يجب ألا يصدر أحد صوتًا. ليهدأ الجميع."

رفع الخطاف الأول.

كان خاليًا.

رفع الخطاف الثاني.

كان خاليًا أيضًا.

‘‘يدلّ هذا على أن السمك موغل في الأعماق، وأنه كبير جدًا،‘‘ قال السنورك. ‘‘فليسكت الجميع الآن!‘‘

سحب أربعة خطاطيف أخرى خالية وقال: ‘‘هذه سمكة مخادعة أكلت الطعم وفرّت. ياه! لا بدّ أنها ضخمة!‘‘

مال الجميع فوق الحافة ونظروا إلى الأعماق الداكنة.

‘‘ما تظنّ نوعها؟‘‘ سأل سنيف.

‘‘ماميلوك، على أقلّ تقدير،‘‘ قال السنورك. ‘‘انظروا عشرة خطاطيف أخرى خالية.‘‘

‘‘يه، يه،‘‘ قالت آنسة سنورك بسخرية.

‘‘يه يه عليك،‘‘ ردّ أخوها بغضب، وواصل سحب الخطاطيف. ‘‘اسكتوا ولا تخيفوه فيفلت.‘‘

خطاف تلو خطاف ظهر وقد علقت به أعشاب البحر وحشائشه، ولكن لا سمك على الإطلاق. لا شيء أبدًا.

فجأة صاح السنورك: ‘‘انتبهوا، إنه يُجذب! أنا واثق أنه قد جُذب.‘‘

‘‘ماميلوك!‘‘ صرصر سنيف.

‘‘اهدأوا الآن،‘‘ أمرهم السنورك الذي شعر بأيّ شيء ما عدا الهدوء. ‘‘هدوءًا تامًا. ها هو يأتي!‘‘

فجأة ارتخى الخيط المشدود، وعميقًا في الماء الأخضر سطع شيء أبيض. أتراه بطن المامليوك الباهت؟ ثم بدا كأن شيئًا ضخمًا ورهيبًا يرتفع من مسرح ما تحت الماء الغامض. كان أخضر اللون ولدنًا مثل جذع نبتة غابات هائلة. وما لبث أن انزلق تحت المركب.

"شبكة الصيد!" زعق السنورك. "أين شبكة الصيد؟"

في اللحظة نفسها علا حولهم الضجيج، وامتلأ الهواء برغوة متناثرة. استحكمت موجة هائلة بـالمغامرة ورفعتها عاليًا على عرفها وقذفت صنارة الصيد إلى سطحها. ثم فجأة سكن كلّ شيء.

فقط خيط الصنارة المقطوع تدلّى جانبًا بطريقة كئيبة، وفي الماء، حدّدت دوامة كبيرة الموضع الذي مرّ منه الوحش.

"حسنًا، من قال إنه سمكة كركي؟" قال السنورك لأخته

بمرارة. "لن أنسى هذا ما حييت!"

"قُطع من هنا،" قال الهيمولين وهو يمسك خيط الصنارة. "شيء ما أوحى لي أنه مهلهل جدًا."

"أوه، اصمت،" قال السنورك وأخفى وجهه بكفيه.

أراد الهيمولين أن يقول شيئًا، فوكز سنفكين ساقيه، وجلسوا كلّهم بصمت يائس. ثم قالت آنسة سنورك بصوت خجول قليلاً: "ما رأيك في محاولة أخرى؟ يمكننا استعمال حبل المركب كخيط."

نخر السنورك، وبعد برهة قال: "وماذا عن الخطاطيف؟"

"مطواتك،" أجابت آنسة سنورك. "إذا فتحت النصل والمخرز والمفكّ وأداة نزع الأحجار من حوافر الأحصنة، لا ريب أنها ستعلق بشيء ما."

أزاح السنورك يديه عن عينيه وقال: "طيب، وماذا عن الطعم؟"

"الفطيرة،" أجابت أخته.

فكّر السنورك في هذا لبعض الوقت، في حين حبس الجميع أنفاسهم من الإثارة.

أخيرًا قال: طبعًا إذا كان المامیلوك يأكل الفطائر.. في هذه الحالة.. وهنا أدرك الجميع أن الصيد سيستمرّ.

وبقطعة سلك وجدها الهيمولين في جيبه أحكموا ربط المطواة بحبل المركب، ثم علّقوا الفطيرة بالسكين، وقذفوا كلّ ذلك خارج المركب.

الآن، تزايد نبض آنسة سنورك وأصبحت متحمّسة كالآخرين.

"أنت مثل ديانا،" قال مومين ترول بإعجاب.

"ومن تكون؟" سألته.

"إلهة الصيد!" أجاب. "جميلة مثل الملكة الخشبية وذكية مثلك!"

"أمم،" همهمت.

في تلك اللحظة ترنّحت المغامرة قليلاً.

"صه!" همس السنورك. "إنه يقضم الفطيرة!"

ثم جاءت اختلاجة أخرى — هذه المرّة أكثر قوة — ثم هزّة عنيفة أوقعتهم كلّهم أرضًا.

النجدة! زعق سنيف، "سيلتهمنا!"

مالت مقدمة المغامرة على نحو مخيف، ثم عادت واعتدلت ومضت بسرعة جنونية في البحر المديد. كان حبلها مشدودًا جدًا مثل وتر قوس أمامها، بيد أنه ما لبث أن اختفى في موجة من الرغوة تحت سطح البحر.

بدا واضحًا أن الماميلوك أحبّ الفطيرة.

"الزموا الهدوء!" صاح السنورك. "الصمت في المركب! وليأخذ الجميع أماكنهم!"

"كلّ شيء هين طالما لن يغوص.." فكّر سنفكين وهو يزحف نحو المقدمة.

خاض الماميلوك طريقه بلا هوادة نحو وسط البحر مباشرة، حتى

١٠٣

بدا الشاطئ بعيدًا جدًا خلفهم كأنه مسحة من فرشاة رسم.

"إلى متى سيبقى صامدًا برأيكم؟" سأل الهيمولين.

"إذا حدث ما هو أسوأ نستطيع قطع الحبل،" قال سنيف.

"أبدًا،" صاحت آنسة سنورك وهي تنتر غرّتها المجعدة.

بعد برهة، هزّ الماميلوك ذيله الضخم هزّة عنيفة واستدار بسرعة عائدًا إلى الساحل.

"إنه يبطئ حركته الآن،" صاح مومين ترول الذي جثم على ركبتيه عند المقدمة. "بدأ يتعب!"

نعم، بدأ الماميلوك يتعب، وبدأ يغضب أيضًا. هزّ الحبل بعنف، واندفع ثانية بسرعة، فتأرجحت المغامرة على نحو خطر جدًا.

كان في بعض اللحظات يهدأ تمامًا ليخدعهم، ثم فجأة يندفع بسرعة مذهلة حتى تكاد موجة عارمة تغرقهم. ولذلك بادر سنفكين إلى إخراج الهارمونيكا وعزف مقطوعة الصيد، بينما سابق الآخرون الزمن بحماس كبير جعل سطح السفينة يهتزّ. وحينما كادوا يفقدون الأمل، عام الماميلوك على ظهره، وبطنه الهائل الهامد يواجه النور.

لم يسبق لهم من قبل أن شاهدوا سمكة بمثل هذا الحجم! تأمّلوها للحظة بصمت ثم قال السنورك: "لقد نلت منه أخيرًا، أليس كذلك؟ ووافقته أخته بفخر.

بينما هم يسحبون الماميلوك نحو اليابسة بدأ المطر يهطل، وسرعان ما تبلّل ثوب الهيمولين، وفقدت قبعة سنفكين ما تبقّى من شكلها المهلهل.

”لا ريبٍ أن الكهف الآن رطب جدًا،“ قال مومين ترول الذي قعد متمسّكا بالمجاديف. ”ولعلّ أمي قلقة،“ أضاف بعد فترة.

”أتعني أننا نستطيع الذهاب إلى البيت في الوقت الحاضر؟ قال سنيف محاولاً أن لا يبدو متفائلاً.

”نعم، ونريهم السمكة،“ وافق السنورك.

”لنقصد البيت،“ قال الهيمولين. ”المغامرات الغريبة، والتعرّض للبلل، والبقاء وحدنا وما يشبه هذا حسن جدًا، لكنه ليس مريحًا على المدى البعيد.“

وهكذا وضعوا ألواحًا تحت الماميلوك، واشترك الجميع في حمله عبر الغابة. كان فمه المفتوح على سعته كبيرًا جدًا، إلى درجة أن الأغصان علقت بأسنانه، ووزنه الذي بلغ عدة مئات من الباوندات اضطرهم إلى الارتياح كلّ بضع دقائق. وفي هذه الأثناء زادت غزارة المطر كثيرًا، وما كادوا يصلون إلى الوادي حتى أخفى البيت بأكمله.

”ماذا لو تركنا الماميلوك هنا لبعض الوقت؟“ اقترح سنيف.

”ليس في حياتك!“ نهره مومين ترول بصوت حانق.

ثم يمّموا الحديقة، وهناك تسمّر السنورك في أرضه مذهولاً وقال: ”سلكنا الطريق الخطأ!“

”هراء!“ صاح مومين ترول، ”أليس ذاك كوخ الخشب؟ والجسر هناك في الأسفل؟“

”طيب، أين البيت؟“ سأله السنورك.

كان ذاك أغرب شيء على الإطلاق. لقد اختفى بيت المومين.

ما عاد موجودًا بكلّ بساطة. وضعوا المامبلوك أمام الدرج، أو على الأقل يمكن القول.. حيثما ينبغي أن يكون هناك درج ما...

مهلاً، ربما يجدر بي أولاً أن أوضح ما حدث في الوادي وهم في البحر يصيدون المامبلوك.

صعدت ماما مومين لتأخذ قيلولة، وقبل أن تفعل هذا رمت كرة من النباتات الوردية المعمّرة السامّة في طاقية الساحر في لحظة شرود ذهن. المشكلة حقًا هي أنه لم يجدر بها من البداية أن تقوم بأعمال الترتيب هذه، إذ بينما استقرّ البيت ساكنًا في فترة قيلولة ما بعد الغداء، بدأت كرة النباتات الوردية المعمّرة تنمو بطريقة غريبة سحرية. التفّت ببطء وتسلّقت خارج الطاقية، وزحفت نزولاً إلى الأرض. تلمّست فروعها وبراعمها طريقها نحو الحيطان، دارت حول حبال الستائر وحاجبات النور، وشقّت طريقها بين الشقوق والمراوح وفتحات المفاتيح. وفي ذلك الجوّ الرطب تفتحت الزهور وبدأت الفاكهة تنضج، والفروع الهائلة المورقة وجدت سبيلها إلى الدرج، ومهّدت طريقها بين أرجل الأثاث، وصعدت إلى الثريا وتدلّت منها على شكل أكاليل.

تردّدت في البيت أصداء حفيف خافت، وفي بعض اللحظات سُمعت فرقعة برعم يتفتح، أو خبطة فاكهة ناضجة وهي تسقط على السجادة. إلا أن ماما مومين ظنّت أن ذلك ليس إلا المطر، فتقلّبت في سريرها ونامت ثانية.

في الغرفة المجاورة قبع بابا مومين يكتب مذكراته. ما من شيء مثير قد حدث منذ أن شيّد منصّة المرفأ، ولذلك تفرّغ لسرد حكاية

طفولته، وأثار فيه هذا ذكريات معينة كاد معها ينفجر بالبكاء. كان دائمًا طفلاً غير عادي نوعًا ما، ولا أحد مطلقًا فهمه. عندما تقدّم في السن بقي الأمر على حاله، ولذلك عانى دائمًا من أوقات عصيبة في شتّى الأمور. انكبّ بابا مومين يكتب وهو يفكر كم سيشعر الجميع بالأسف عندما يقرأون قصته، وهذا سرّى عنه، وجعله يقول لنفسه: "سينالون ما يستحقّونه تمامًا!"

في تلك اللحظة سقطت حبّة كمثرى ناضجة فوق أوراقه وخلّفت عليها لطخة كبيرة دبقة.

"يا ذيلي المبارك!" انفجر بابا مومين، "لا بدّ أن مومين ترول وسنيف في البيت!" ثم التفتَ ليوبخهما، إلا أنه لم ير أحدًا خلفه؛ بدلاً من ذلك وجد نفسه يحدّق في أجمة كثيفة عامرة بتوت أصفر. قفز مربكًا، وما إن فعل حتى تساقط عليه من جميع النواحي خوخ أزرق. وما لبثت أن وقعت عيناه على غصن هائل راح ينمو ببطء متجهًا نحو النافذة، وفروعه الخضراء تورق في مختلف الاتجاهات.

"ياهووو!" هتف بابا مومين، "قوموا ياناس! تعالوا بسرعة!"

استيقظت ماما مومين مشوّشة، ولدهشتها رأت غرفتها تعجّ بأزهار صغيرة بيضاء، تدلّت من السقف على شكل أكاليل مورقة.

"ياه، كم هذا جميل!" همهمت. "لا ريب أن مومين ترول فعل هذا ليفاجئني." وبعناية أزاحت ستارة الأزهار الرقيقة المحيطة بسريرها ونهضت.

"ياهووو!" كان بابا مومين لا يزال يصيح في الطرف الآخر من الحائط، "افتحوا الباب! لا أستطيع الخروج!"

لم تتمكّن ماما مومين من فتح الباب للدخول إلى غرفته، لأن النباتات الزاحفة نمت عليه. فكسرت زجاج باب غرفتها، وبصعوبة هائلة حشرت نفسها نحو الناحية الأخرى. كان الدرج عبارة عن حرج صغير، وصالة الاستقبال غابة حقيقية.

"يا ربّي!" هتفت ماما مومين. "إنها تلك الطاقية حتمًا." ثم جلست وهوت نفسها بورقة نخل.

واصلت الأغصان نموّها داخل المداخن وتسلّقت إلى السطح حاجبة بيت المومين بسجادة خضراء سميكة. وفي الخارج تحت المطر، وقف مومين ترول وحدّق في التلّ الأخضر الهائل حيث تابعت الأزهار فتح تويجاتها، ونضجت الفاكهة متحوّلة من اللون الأخضر إلى الأصفر، ومن الأصفر إلى الأحمر.

"لطالما كان موقعه هنا،" قال سنيف.

"إنه هنا،" قال مومين ترول بتعاسة. "نحن لا نستطيع الدخول، وهم لا يستطيعون الخروج."

مضى سنفكين يستكشف التلّ الأخضر: لم يعثر على أي نافذة أو باب؛ لا شيء سوى كتلة برّية كثيفة من الخضرة. أمسك فرعًا زاحفًا بيده، وتبيّن له أنه متين كالمطاط ومن المستحيل زحزحته. وما كاد يلمسه حتى قذفه الفرع بأنشوطة، كما لو أنه تعمّد فعل ذلك، فالتفّت الأنشوطة حول قبعته ورفعتها عن رأسه.

"المزيد من الألاعيب الساحرية،" غمغم سنفكين. "بدأ هذا يصبح مزعجًا."

في هذه الأثناء هرع سنيف يستكشف الشرفة المكسوّة بالنباتات، ثم ندّت عنه هسهسة فرح وهو يرى أن الباب المؤدي إلى القبو ما زال مفتوحًا. أسرع مومين ترول إليه وتفحّص الكوّة المظلمة. "الجميع إلى الداخل!" قال، "وأسرِعوا قبل أن تنمو النباتات هنا أيضًا.

وهكذا زحفوا إلى القبو المظلم، الواحد تلو الآخر.

ها! صاح الهيمولين الذي كان آخرهم، "لا أستطيع العبور."

"إذًا ابق في الخارج لحراسة الماميلوك،" قال السنورك. "وهذه فرصتك لتدرس نباتات البيت الآن، أليس كذلك؟"

وفي حين وقف الهيمولين المسكين في الخارج يتذمّر من المطر، تلمّس الآخرون طريقهم صاعدين درج القبو.

"الحظّ إلى جانبنا،" قال مومين ترول عندما وصل أعلى الدرج.

١٠٩

"الباب مفتوح. الإهمال مفيد أحيانًا!
أنا المهمل، صرصر سنيف، "لذا تستطيع أن تشكرني!"
عندما اندفعوا عبر الباب وقعت أعينهم على مشهد مميّز: رأوا فأر المسك جالسًا على غصن شجرة يأكل حبّة كمثرى.
"أين أمي؟" سأله مومين ترول.
"تحاول إخراج أبيك من غرفته،" أجاب فأر المسك بمرارة. "هذا ما ينتج عن جمع النباتات. ما وثقتُ قطّ كثيرًا بذلك الهيمولين. حسنًا، آمل أن تكون جنة فئران المسك مكانًا مسالمًا، لأن مدّة بقائي هنا لن تطول كثيرًا."
سمعوا للحظة صوت ضربات فأس هائلة تعالت من الطابق العلوي، ثم تلاه صوت تحطّم وصيحات ابتهاج. لقد أصبح بابا مومين حرًا!
"ماما! بابا!" نادى مومين ترول وهو يشقّ طريقه خلال الغابة متلمّسًا الدرج. "ماذا فعلتما في غيابي؟"
"حسنًا يا صغيري،" أجابت ماما مومين، "لا بدّ أننا استهترنا بطاقية الساحر مرّة أخرى. تعال إلى هنا، وجدتُ شجيرة من عنب الثعلب في الخزانة."
كان عصر ذلك اليوم مثيرًا. لعبوا لعبة الغابة، وأخذ فيها مومين ترول دور طرزان، وآنسة سنورك دور جين. مثّل سنيف دور ابن طرزان، وسنفكين الشمبانزي شيتا، أما السنورك فزحف هنا وهناك تحت النباتات متنكّرًا بأسنان مخيفة صُنعت من قشر البرتقال مدّعيًا أنه العدو.

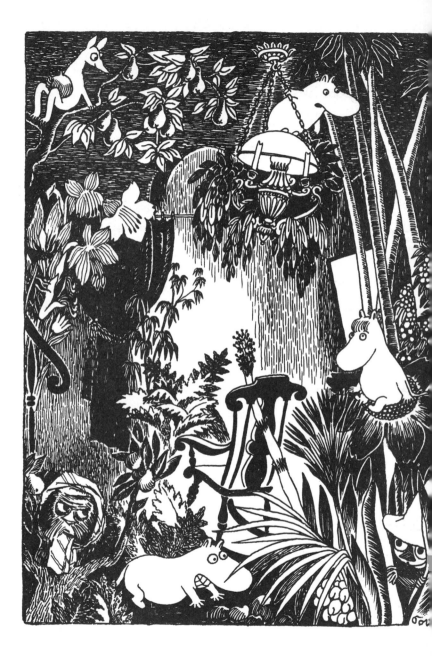

"سأخطف جين الآن،" صاح وهو يجرّ آنسة سنورك من ذيلها إلى جحر تحت مائدة غرفة الطعام، وعندما عاد مومين ترول إلى بيته في الثريا، واكتشف ما حدث، نزل إلى الأرض متعلّقًا بفرع زاحف، وهبّ إلى إنقاذها، بعد أن أطلق زئيرًا طرزانيًا من أعلى خزانة المؤونة، وردّت عليه جين والآخرون بزئير مماثل.

"إيه، لا يمكن الأمور أن تسوء أكثر، وهذا فيه شيء من المواساة،" تأوّه فأر المسك الذي اختبأ في غابة من السرخس في الحمام، ولفّ رأسه بمنديل كيلا ينمو شيء في أذنيه.

بقيت ماما مومين رابطة الجأش طوال الوقت. "حسنًا، حسنًا،" قالت أخيرًا، "يبدو لي أن ضيوفنا يستمتعون بوقت طيب."

"أرجو هذا،" أجاب بابا مومين، "من فضلك يا عزيزتي ناوليني موزة."

استمرّ الحال هكذا حتى المساء. لا أحد اهتم بما إذا كان باب القبو قد بدأ يكتسي بالنباتات، ولا أحد فكّر مطلقًا في الهيمولين المسكين. الهيمولين الذي جلس يحرس المامليوك وحده، وثوبه المبلل يرفرف حول ساقيه. تشاغل أحيانًا بأكل تفاحة، وأحيانا بعدّ أسدية زهرة، وبين هذا العمل وذاك ما فتئ يتنهّد.

توقّف هطول المطر، وبدأ المساء يحلّ. وفي لحظة غروب الشمس حدث شيء ما للتلّ الأخضر الذي يمثّل بيت المومين: بدأ يذبل بالسرعة التي نما فيها، انكمشت الفاكهة وسقطت على الأرض، تدلّت أعناق الأزهار وتجعّدت الأوراق، ولمرّة أخرى تردّدت أصداء القعقعة والحفيف في أرجاء البيت.

راقب الهيمولين ذلك لبعض الوقت، ثم مضى وجذب غصنًا بلطف. فانفصل الغصن الجاف حالاً. إذ ذاك خطرت له فكرة، وسرعان ما جمع كومة كبيرة من الأغصان، ومضى إلى كوخ الخشب طلبًا لعيدان الثقاب، ثم أعدّ في وسط ممرّ الحديقة نارًا متوهّجة.

جلس سعيدًا وراضيًا عن نفسه قريبًا من اللهب ليجفّف ثوبه، وبعد فترة واتته فكرة أخرى. وبقوّة هيمولينية ممتازة جرّ ذيل المامليوك نحو النار. كان ذلك السمك المشوي ألذّ ما ذاقه طوال حياته على الإطلاق.

عندما شقّت عائلة المومين وأصدقاؤها طريقهم عبر الشرفة، بعد

أن جاهدوا لفتح الباب، وجدوا أمامهم هيمولين سعيدًا جدًا بعد أن أكل تقريبًا سُبع المامليوك.

"يا خسيس!" صاح السنورك، "كيف أزن سمكتي الآن؟"

"قُم بوزني، ثم أضفه إلى وزن المامليوك،" اقترح الهيمولين الذي اعتبر ذلك اليوم واحدًا من أسعد أيامه.

"حسنًا، لنحرق الغابة الآن،" قال بابا مومين، فتعاون الجميع على حمل النفايات من البيت، وصنعوا مشعلة أكبر من أي مشعلة أخرى رآها أحدهم في الوادي من قبل.

شووا المامليوك على الجمر، والتهموه من رأسه إلى ذيله. وبعد هذه الحادثة، ولمدّة طويلة، كثيرًا ما جرت بينهم نزاعات تتعلّق بطوله: هل امتدّ من عند أول درجات الشرفة إلى كوخ الخشب، أم فقط إلى شجيرات الليلك؟

الفصل السادس

وفيه يدخل ثين غمي وبوب إلى القصة ويجلبان معهما حقيبة غامضة وتتبعهما الغروك، وفيه أيضا يرأس السنورك جلسة محاكمة.

باكرًا في أول صباح من شهر آب أقبل ثين غمي وبوب من ناحية الجبل، وتوقّفا تمامًا حيث وجد سنيف طاقية الساحر. كان ثين غمي يلبس قلنسوة حمراء، وبوب يحمل حقيبة كبيرة الحجم بالنسبة إليهما. جلسا يرتاحان لبعض الوقت لأنهما قطعا مسافة طويلة، وشعرا بالإنهاك. انبريا يستطلعان وادي المومين في الأسفل، ويراقبان الدخان المتصاعد من بيت المومين المتواري بين أشجار الحور الفضية وأشجار الكمثرى.

"دخان،" قال ثين غمي.

"دخانزو يعنيزو طعامزو،" قال بوب وهو يهزّ رأسه. ثم سلكا

طريقهما نزولاً إلى الوادي، وهما يتكلّمان بالطريقة الغريبة التي يتكلّم بها البوبيون والثين غميون. (ليست مفهومة للجميع، لكن الأمر الأساسي هو أن أحدهما يفهم الآخر.)

يمّما البيت بحذر على رؤوس أصابعهما، ووقفا بتردّد عند الدرج الأمامي. ''هلزو تظترو أننازو نستطيعزو الدخولزو؟'' سأل ثين غمي.

''على حسب الوضع،'' أجاب بوب. ''لا تخفزو إذا كانوا فظّيترو وجلفيترو.''

''هلزو نقرعزو البابزو؟'' استفسر ثين غمي. ''تخيّل إذا طلعزو أحدهم وصرخزو!''

في تلك اللحظة مدّت ماما مومين رأسها من النافذة وصاحت: ''قهوة؟''

فزع ثين غمي وبوب فزعًا شديدًا جعلهما يقفزان فارّين إلى فتحة قبو البطاطا.

''أوه!'' هتفت ماما مومين بدهشة. ''أظنّ أنني لمحتُ فأرين يختفيان في القبو. انزل إليهما يا سنيف ببعض الحليب.'' ولما وقع نظرها على الحقيبة عند الدرج فكّرت بينها وبين نفسها ''أمتعة أيضًا، آه يا ربّي، جاءا ليعيشا هنا.'' ثم مضت تبحث عن بابا مومين لتطلب منه أن يضع سريرين إضافيين، سريرين صغيرين جدًا جدًا. في هذه الأثناء، حشر ثين غمي وبوب نفسيهما بين البطاطا، بحيث لم يظهر منهما سوى أعينهما. وهناك ترقّبا بفزع ما يمكن أن يكون بانتظارهما.

”أنا على أي حالزو أشمزو رائحتزو طعامزو،“ همس ثين غمي.
”شخص ما قادمزو،“ همس بوب. ”ولا صوتزو!“
صرّ باب القبو، وعند أعلى الدرج وقف سنيف يحمل مصباحًا بيد ووعاء حليب بالأخرى.
”مرحبًا! أين أنتما؟“ صاح.
زاد ثين غمي وبوب من تواريهما وتمسّك أحدهما بالآخر بقوّة.
”ما رأيكما ببعض الحليب؟“ قال سنيف.
”لا تصدرزو أي صوتزو،“ همس بوب.
”إذا ظننتما أنني سأقف هنا إلى منتصف النهار،“ تابع سنيف باستياء، ”فأنتما مخطئان. أعتقد أنكما لا تعرفان ما هو أفضل من هذا. فئران عجائز سخيفة ليس لديها إدراك لتطرق البيت من بابه!“
”أنتزو الفأرزو العجوززو السخيفزو!“ ردّ ثين غمي وبوب اللذان انزعجا جدًا مما قاله.
”آ! إنهما أجنبيان،“ فكّر سنيف. ”يُستحسن أن أنادي ماما مومين.“ ثم أغلق باب القبو وجرى إلى المطبخ.
”ها؟ هل أحبّا الحليب؟“ سألته ماما مومين.
”إنهما يتكلّمان بلغة أجنبية،“ قال سنيف. ”لا أحد يفهم ما يقولانه.“
”ما هي تلك اللغة؟“ سأله مومين ترول الذي جلس يقشّر

البزلياء مع الهيمولين.

”أنتزو الفأرزو العجوززو السخيفزو!“ قال سنيف.

تنهّدت ماما مومين. ”سيكون هذا مربكًا،“ قالت. ”كيف سأعرف أي حلوى يحبّان في عيد ميلادهما، أو كم وسادة يريدان.“

”سرعان ما نتعلم لغتهما،“ قال مومين ترول. ”تبدو سهلة.“

”أعتقد أنني أفهمهما،“ أعلن الهيمولين بروية. ”ألم يقولا لسنيف إنه فأر عجوز سخيف؟“

عبق وجه سنيف ونفض رأسه باستياء.

”ما دمت ذكيًا جدًا، اذهب وتكلّم معهما بنفسك،“ قال.

فمضى الهيمولين متثاقلاً إلى درج القبو وصاح بلطف: ”أهلاً بكمازو فيزو بيتزو الموميترو!“

”أخرج ثين غمي وبوب رأسيهما من بين البطاطا ونظرا إليه.

”إليكما بعضزو الحليبزو،“ أردف الهيمولين.

بعد ذلك صعدا الدرج، وذهبا معه إلى الصالة. ولما تأمّلهما سنيف، ولاحظ أنهما أصغر منه حجمًا بكثير، لان قلبه وتنازل قائلاً: ”مرحبًا. يسرّني لقاؤكما.“

”شكرًا، ونحترو كذلكزو،“ أجاب ثين غمي.

”هل أشّمزو رائحتزو طعامزو؟“ استفسر بوب.

”ماذا يقولان الآن؟“ سألت ماما مومين.

”إنهما جائعان،“ أجاب الهيمولين. ”ويبدو أنهما ما زالا

متحفظيْن من سنيف."
"بلّغهما إطرائي إذًا،" قال سنيف بحرارة، "وقل لهما إنني لم أر قطّ في حياتي مثل وجهيهما الشبيهين بوجه سمك الرنغة. وأنني خارج الآن."
"لا تهتمازو لسنيفزو،" قال الهيمولين. "إنه نزقزو."
"على أي حال تعالا وتناولا القهوة،" قالت ماما مومين بعصبية، ثم أرت ثين غمي وبوب الطريق إلى الشرفة. وتبعهم الهيمولين الذي بدا فخورًا جدًا بوظيفته الجديدة كمترجم.

على هذا النحو انضمّ ثين غمي وبوب إلى عائلة بيت المومين. لم يُصدرا ضجة كبيرة، وقضيا معظم الوقت يدًا بيد، وما غفلا قطّ عن مراقبة حقيبتهما. لكن، قبيل الغروب في ذلك اليوم الأول انتابهما قلق عظيم: جريا كالمسعوريْن يتخبّطان على الدرج صعودًا ونزولاً عدّة مرات، ثم في النهاية كمنا تحت سجادة الصالة.
"مازو الحكايتزو؟" سألهما الهيمولين.
"الغروك قادمة!" همس بوب.
"الغروك؟ ومن تكون؟" استوضح الهيمولين وقد انتقلت إليه عدوى الخوف.
"ضخمتزو وسمينتزو وفظيعتزو!" قال بوب. "أقفلوا الأبواب."
هرع الهيمولين إلى ماما مومين وأعلمها بالأخبار السيئة.
"يقولان إن غروك ضخمة وسمينة وفظيعة قادمة إلى هنا. وعلينا

أن نقفل جميع الأبواب الليلة.“

”لا أظنّ أن أي من الأبواب لها مفاتيح، ما عدا القبو،“ قالت ماما مومين بصوت قلق. ”يا ربّي! إنه الحال نفسه دائمًا مع الغرباء. ثم مضت لتتحدّث مع بابا مومين عن الأمر.

”يجب أن نتسلّح ونسدّ الباب بالأثاث،“ أعلن بابا مومين. ”غروك ضخمة كتلك قد تكون خطرة. سأضع منبّه إنذار في الصالة، ويمكن أن ينام ثين غمي وبوب تحت سريري.“

إلا أن ثين غمي وبوب تسلّلا إلى دُرج مكتب ورفضا الخروج.

هزّ بابا مومين رأسه، وقصد كوخ الخشب ليجلب بندقيته.

بدأ المساء في تلك الأثناء يذوي، وخرجت الحباحب بمصابيحها الصغيرة، وتجلّلت الحديقة بظلال مخملية داكنة. والريح أنّت بطريقة موحشة بين الأشجار. انتاب بابا مومين إحساس غريب وهو يقطع الممرّ. ماذا لو كانت الغروك تترّصده خلف شجيرة! كيف يبدو شكلها، وفوق كلّ ذلك، ما مدى ضخامتها؟ عندما دخل البيت ثانية وضع الصوفا أمام باب البيت وقال والشعور بالقلق الشديد يكتنفه: ”يجب أن نترك المصباح مضاءً طوال الوقت. وعليكم جميعًا أن تبقوا متأهبين، وعلى سنفكين أن ينام الليلة في البيت.“ ثم نقر على دُرج المكتب وأردف: ”سنحميكما!“ ولما لم يتلقّ جوابًا سحب الدرج خشية أن يكون ثين غمي وبوب قد اختطِفا. فوجدهما نائميْن بسلام وحقيبتهما قربهما.

”لنذهب إلى النوم في جميع الأحوال، اقترح بابا مومين.

"وتسلّحوا كلّكم."

بكثير من الهرج والمرج ذهب كلّ منهم إلى غرفته. وما لبث أن ساد الصمت في بيت المومين، وبقي مصباح الزيت يحترق وحده على طاولة الصالة.

حلّ منتصف الليل. وبعده أعلنت دقات الساعة تمام الواحدة. وبعد الثانية بقليل استيقظ فأر المسك ورغب في مغادرة السرير. ترنّح ناعسًا على الدرج، ووقف ينظر بدهشة إلى الصوفا التي تسدّ الباب. "يا لها من فكرة!" تمتم وهو يحاول جرّها بعيدًا، وحينها انطلق رنين منبّه الإنذار الذي وضعه بابا مومين هناك.

خلال لحظة ضجّ البيت بالصياح والصخب ووقع الأقدام، واندفع الجميع نازلين إلى الصالة وقد تسلّحوا بالفؤوس والمعاول والمجارف والحجارة والسكاكين والمقصّات، وتسمّروا هناك يحملقون في فأر المسك.

"أين الغروك؟" استفهم مومين ترول.

"أووه! هذا أنا،" قال فأر المسك بغيظ. "ما أردت سوى تأمّل النجوم قليلاً، نسيتُ أمر تلك الغروك الحمقاء." "طيب، أخرج الآن إذًا،" قال مومين ترول، "ولا تكرّر هذا مرة أخرى." ثم فتح له الباب على مصراعيه.

آنذاك رأوا الغروك. رآها الجميع. كانت تجثم هامدة على الممّر الرملي عند أسفل الدرج وتحدّق فيهم بعينين مستديرتين خاليتين من أي تعبير.

لم تكن ضخمة جدًا، ولم تبد خطرة جدًا، لكن شيئًا فيها يجعلك تشعر أنها شريرة جدًا، وقد تنتظرك إلى الأبد. وهذا بحدّ ذاته رهيب!

لم يستطع أحد استجماع الشجاعة الكافية ليهاجمها.

أما هي، فقبعت هناك لفترة، ثم انسلّت مبتعدة نحو الظلام. وحيث جلست كانت الأرض متجمّدة!

أغلق السنورك الباب وانتفض. "مسكين ثين غمي ومسكين بوب!" قال. "يا همول انظر هل هما مستيقظان."

نعم كانا مستيقظين.

"هل رحلت؟" سأل ثين غمي.

"إيه.. نامازو بسلامزو الآنزو." أجاب الهيمولين.

أطلق ثين غمي تنهيدة قصيرة وقال: "الحمد لله!" ودفعا معًا الحقيبة إلى أبعد ما يمكن في الدرج وعادا إلى النوم.

"والآن، ألا يجدر بنا نحن أيضًا أن نعود إلى النوم؟" قالت ماما

مومين وهي تضع فأسها جانبًا.

"نعم يا أمي،" أجاب مومين ترول، "سأتولّى الحراسة أنا وسنفكين حتى الفجر. وأنت ضعي حقيبة يدك تحت وسادتك تحسبًا."

ثمّ جلسا وحدهما في الصالة ولعبا البوكر حتى الصباح. ولم يسمع أحد شيئًا جديدًا عن الغروك في تلك الليلة.

في اليوم التالي قصد الهيمولين المطبخ والقلق ينهشه وقال: "كنت أتكلّم مع ثين غمي وبوب..."

"إيه، وماذا الآن؟" استفسرت ماما مومين وهي تتنهّد.

"حقيبتهما ما تسعى الغروك وراءه،" أوضح الهيمولين.

"يا لها من متوحّشة!" انفجرت ماما مومين قائلة. "كيف تجرؤ على سرقة ممتلكاتهما الصغيرة منهما!"

"نعم، أعرف،" قال الهيمولين، "هناك شيء يجعل الأمر معقدًا. يبدو أنها حقيبة الغروك."

"أمم،" همهمت ماما مومين. "فعلاً هذا يجعل المسألة صعبة. سنستشير السنورك، فهو دائمًا يتدبّر الأمور جيدًا.

أبدى السنورك اهتمامًا عظيمًا. "إنها قضية مميزة،" قال. "ينبغي أن نعقد اجتماعًا. على الجميع القدوم إلى أجمة الليلك في الساعة الثالثة لنناقش المسألة."

كان عصر ذلك اليوم واحدًا من تلك الأويقات الدافئة الرائعة المفعمة بعبير الأزهار وطنين النحل، وبدت الحديقة بهيّة بما عجّ فيها

من ألوان أواخر الصيف الأصيلة.

بين شجرتين في أجمة الليلك، عُلقّت أرجوحة فأر المسك، ووُضِعت فوقها لافتة تقول: **المدّعي العام على الغروك**

وخلف صندوق، جلس السنورك نفسه بشعر مستعار، ولم يخف على أحد أنه القاضي. وقبالته قبع ثين غمي وبوب في منصّة السجناء يأكلان الكرز.

"أرغب في أن آخذ دور المدّعي،" قال سنيف الذي لم ينس أنهما لقّباه بالفأر العجوز السخيف.

"في هذه الحالة سأمثّل أنا محامي الدفاع،" قال الهيمولين.

"وماذا عنّي؟" سألت آنسة سنورك.

"يمكن أن تأخذي دور شاهدة آل مومين،" قال أخوها. "ويستطيع سنفكين أن يمثّل دور كاتب المحكمة. إنما عليك أن تفعل هذا بطريقة صحيحة يا سنفكين."

"ولماذا ليس للغروك من يدافع عنها؟" اعترض سنيف.

''هذا ليس ضروريًا،'' أجاب السنورك، ''لأن الغروك على
حقّ. هل اتضح كلّ شيء الآن؟ حسنًا، سنبدأ.''

قرع الصندوق ثلاث مرّات بمطرقة.

''هلزو تفهمزو ما يجريزو؟'' سأل ثين غمي.

''ليسزو كثيرًا،'' أجاب بوب وهو ينفخ نواة كرز على
القاضي.

''لا تتكلّما قبل أن آذن لكما،'' قال السنورك. ''أجيبا بنعم
أو لا فقط لا غير؛ هل الحقيبة المعنية لكما أم للغروك؟''

''نعم لنا،'' قال ثين غمي.

''لا،'' قال بوب.

''سجّل أن أحدهما ناقض الآخر،'' زعق سنيف.

نقر السنورك على الصندوق وصاح: ''هدوءًا! سأسأل الآن
للمرّة الأخيرة؛ لمن الحقيبة؟''

''لنا،'' قال ثين غمي.

''يقولان الآن إنها لهما،'' ناح الهيمولين بيأس، ''وفي الصباح
قالا عكس ذلك.''

''حسنًا، في هذه الحالة لسنا مضطرين إلى إعطائها للغروك،''
قال السنورك وهو يتنفّس الصعداء. ''هذا مؤسف بعد كلّ ما
أعددته.''

مال ثين غمي إلى الأمام وهمس للهيمولين بشيء. ''يقولان،''
أعلن الهيمولين، ''أن محتويات الحقيبة فقط تعود إلى الغروك.''

''ها!'' هتف سنيف، ''أستطيع بدون تردّد تصديق هذا. اتضح

كلّ شيء الآن. تستعيد الغروك ممتلكاتها ويحتفظ وجها سمك الرنغة بحقيبتهما البالية."

"لا شيء واضح مطلقًا!" صاح الهيمولين بجسارة، "ليس السؤال من هو مالك المحتويات، ولكن من لديه حقّ مطلق في الاحتفاظ بالمحتويات. الشيء الصحيح في المكان الصحيح. ألم تروا الغروك كلّكم؟ وأنا أسألكم الآن، هل تشعرون أن لديها أي حقّ في الحصول على المحتويات؟"

"هذا صحيح بما يكفي،" قال سنيف وقد أُخذ على حين غرّة. "ذكاء منك يا همول. لكن من ناحية أخرى، فكّر كم هي وحيدة الغروك لأنها تكره الجميع ولا أحد يحبّها. لعلّ المحتويات هي الشيء الوحيد الذي لديها. فهل تُقدِم على أخذ هذا من ليلها الموغل في وحشته وعزلته؟" ازداد تأثر سنيف وارتعش صوته وأردف: "لقد جرّدها ثين غمي وبوب من ممتلكاتها الوحيدة بالاحتيال." ثم تمخّط وعجز عن المتابعة.

نقر السنورك على الصندوق. "لا تحتاج الغروك إلى أي دفاع، قال. ثم إن وجهة نظرك عاطفية، وكذلك وجهة نظر الهيمولين. فليتقدّم الشاهد للشهادة!

نحبّ ثين غمي وبوب كثيرًا، بدأت شاهدة آل مومين، "وقد نفرنا من الغروك من البداية. مؤسف أن نضطر إلى إعادة ممتلكاتها إليها."

"الحقّ حقّ،" قال السنورك بجدية. "يجب أن تكوني عادلة. خصوصًا أن ثين غمي وبوب لا يستطيعان إدراك الفرق بين

الصواب والخطأ. لقد ولدا هكذا وليس بيدهما حيلة. أيها المدّعي العام ماذا لديك لتقوله؟"

لم يجب فأر المسك لأنه كان غارقًا في النوم في أرجوحته.

"لا بأس، لا بأس،" هتف السنورك، "أنا متأكّد من أن القضية لم تثر اهتمامه في جميع الأحوال. هل قلنا كلّ ما نريد قوله قبل أن أصدر الحكم؟"

"معذرة،" قاطعته شاهدة آل مومين، "ألن تغدو الأمور أسهل إذا عرفنا ما هي محتويات الحقيقة؟"

همس ثين غمي بشيء ما ثانية. هزّ الهيمولين رأسه. "إنه سرّ،" قال. "يرى ثين غمي وبوب أن المحتويات أروع شيء في العالم، بيد أن الغروك لا ترى سوى أنها الأغلى ثمنًا."

هزّ السنورك رأسه مرّات عدّة وقطّب جبينه. "هذه قضية صعبة،" قال. "لقد أدلى ثين غمي وبوب بحجّة منطقية، إلا أنهما لم يتصرّفا بطريقة صائبة. الحقّ حقّ. يجب أن أفكّر. هدوءًا الآن!"

في الحديقة المكتوية بأشعة الشمس، كان كلّ شيء بين شجيرات الليلك ساكنًا، باستثناء طنين النحل.

فجأة كنس تيّار بارد العشب. واختفت الشمس وراء غيمة، وبدت الحديقة باهتة.

"ما هذا؟" قال سنفكين وهو يرفع قلمه عن دفتر الملاحظات.

"إنها هنا من جديد،" همست آنسة سنورك.

وعلى العشب المتجمّد قبعت الغروك تنظر إليهم شزرًا.

ثبّتت عينيها على ثين غمي وبوب، ثم بدأت تزمجر وتجرجر

نفسها قدمًا.

"وحشزو! وحشزو! النجدتزو! النجدتزو! وحشزو!" زعقا وهما يتخاذلان من شدّة الفزع.

"توقّفي يا غروك!" أمرها السنورك. "لدي ما أقوله لك!" توقّفت الغروك.

"فكّرت مليًا،" تابع السنورك، "هل توافقين على أن يشتري ثين غمي وبوب محتويات الحقيبة منك؟ وإذا وافقت فما هو الثمن؟"

"مرتفع!" قالت الغروك بصوت جليدي.

"هل تكتفين بجبلين من الذهب في جزيرة الهاتيفتنيريين؟" سألها السنورك.

"لا،" أجابت الغروك بصوتها الجليدي نفسه.

في تلك اللحظة، تنبّهت ماما مومين إلى البرد الذي عمّ الجوّ، وقرّرت إحضار شالها. فأسرعت عبر الحديقة حيث حدّد الصقيع آثار قدمي الغروك، ثم إلى الشرفة. وهناك واتتها فكرة. وسرعان ما حملت طاقية الساحر وعادت إلى المحكمة، وضعت الطاقية على العشب وقالت: "هذا أثمن شيء في وادي المومين بأكمله يا غروك! أتعرفين ما خرج من هذه الطاقية؟ عصير عليق وأشجار فاكهة وأجمل غيوم ذاتية الدفع: إنها طاقية الساحر الوحيدة في العالم!"

"أريني!" قالت الغروك بازدراء.

حينها وضعت ماما مومين بضع كرزات في الطاقية، وترقّب الجميع النتيجة بصمت مطبق.

”أرجو فقط ألا يتحوّل الكرز إلى شيء كريه، همس سنفكين لــ الهيمولين. لكن الحظّ كان إلى جانبهم، فعندما نظرت الغروك فيها وجدت حفنة من الياقوت الأحمر.

”أرأيت!“ هتفت ماما مومين بسعادة، ”ما عليك إلا أن تتخيّلي ما قد يحدث لو وضعت فيها يقطينة!“

تأمّلت الغروك الطاقية، ثم نظرت إلى ثين غمي وبوب، ثم عادت ونظرت إلى الطاقية. وبإمكانك أن تدرك أنها بذلت جهدًا كبيرًا في التفكير. ثم فجأة اختطفت الطاقية، وبدون أي كلمة، انزلقت مختفية في الغابة مثل ظلّ جليدي رمادي. كانت تلك آخر مرة يراها أحد في وادي المومين، وآخر مرة يرون فيها طاقية الساحر أيضًا.

عادت ألوان الطبيعة الحميمة حالاً، وعجّت الحديقة بالأصوات وروائح الصيف ثانية.

الحمد لله لأننا تخلّصنا من تلك الطاقية، قالت ماما مومين. ”على الأقل قامت لمرة واحدة بعمل شيء نافع.“

”تسلينا بالغيوم،“ قال سنيف.

”وطرزان في الغابة،“ أضاف مومين ترول بحزن.

”تخلّصزو جيدزو من قمامتزو مزعجتزو!“ قال ثين غمي وهو يمسك الحقيبة بيد وبوب باليد الأخرى، ومعًا مضيا إلى بيت المومين بينما وقف الآخرون ينظرون إليهما.

”وماذا يقولان الآن؟“ سأل سنيف.

”حسنًا، ‘مساء الخير’ تفي بالغرض،“ أجاب الهيمولين.

الفصل السابع

هذا فصل طويل جدًا، يصف رحيل سنفكين وكيف كُشِفَ عن محتويات الحقيبة. وكذلك كيف عثرت ماما مومين على حقيبة يدها وأقامت حفلاً بهذه المناسبة. وأخيرًا كيف جاء الساحر إلى وادي المومين.

كانوا في أواخر شهر آب، وهو الوقت الذي ينعق فيه البوم ليلاً، وتنقضّ أسراب الوطاويط خلسة على الحديقة. وفي تلك الآونة يهيج البحر، وتعجّ غابة المومين بالحباحب، ويطلع البدر الكامل هائل الحجم وأصفر، ويسود في الجوّ نوع خاص من الترقّب والكآبة. ولطالما أحبّ مومين ترول تلك الأيام الأخيرة من الصيف أكثر من غيرها، على الرغم من أنه لم يعرف السبب.

لقد تغيّرت نغمات الريح والبحر، وشاع في الجوّ شعور جديد،

وبدت الأشجار كأنها وقفت تنتظر شيئًا ما. كل هذا جعل مومين ترول يشكّ في أن أمرًا غريبًا سيحدث. كان مستيقظًا ومستلقيًا في سريره يتأمّل السقف ويفكّر في شروق الشمس، متيقّنًا من أن الوقت ما زال مبكرًا جدًا.

ثم التفت ولاحظ خلو سرير سنفكين. وفي تلك اللحظة سمع الإشارة السرّية من تحت نافذته. صفير لمرة واحدة طويلة وصفير لمرتين قصيرتين، ما عنى: "ما مشاريعك لليوم؟"

قفز مومين ترول من السرير ونظر خارج النافذة. تبيّن له أن الشمس لم تصل بعد إلى الحديقة التي بدت باردة ومغرية. وجد سنفكين ينتظر في الأسفل.

"هاهووو،" هتف مومين ترول بصوت منخفض حتى لا يوقظ أحدًا، ثم نزل على سلّم الحبل.

تبادلا التحية، ثم تسكّعا صوب النهر، وجلسا على الجسر وسيقانهما تتدلّى فوق الماء. والشمس التي ارتفعت فوق قمم الأشجار، شعّت مباشرة في عيونهما.

"هكذا جلسنا في الربيع،" قال مومين ترول. "هل تتذكّر؟ قمنا من بياتنا الشتوي في أول يوم منه بالتحديد. وكان الآخرون لا يزالون نيامًا."

أومأ سنفكين برأسه إيجابًا وهو يصنع مراكب من القصب، ويدعها تبحر مع مجرى النهر.

"أين ستذهب هذه المراكب؟" سأله مومين ترول.

"إلى أماكن لستُ فيها،" أجاب سنفكين والمراكب الصغيرة

تلتفّ بالتتالي عند منعطف النهر وتختفي.

"محمّلة بالقرفة وأسنان سمك القرش والزمرّد،" قال مومين ترول. "حسنًا، أتيتَ على ذكر المشاريع، هل لديك أي منها؟

"نعم،" أجاب سنفكين، "لدي مشروع، وهو في الحقيقة فردي."

تأمّله مومين ترول لوقت طويل، ثم قال: "أنت تفكّر في السفر."

أومأ سنفكين برأسه إيجابًا، ثم جلسا لفترة صامتين يهزّان سيقانهما فوق الماء، والنهر يتدفّق تحتهما جاريًا نحو جميع الأماكن الغريبة التي يتوق إليها سنفكين، والتي يرغب في ارتيادها وحده.

"متى ترحل؟" سأله مومين ترول.

"الآن، فورًا!" أعلن سنفكين وهو يلقي جميع مراكب القصب في النهر دفعة واحدة. ثم قفز نازلاً عن الجسر واستنشق هواء الصباح. كان يومًا جيدًا لبدء رحلة؛ فتحت أشعة الشمس استدعاه رأس التلّ بدربه المتعرّج والمختفي في الناحية الأخرى بحثًا عن وادٍ جديد ثم عن تلّ جديد من بعده...

وقف مومين ترول يراقب سنفكين وهو يحزم خيمته. "هل يطول غيابك؟" سأله.

"لا،" أجاب سنفكين، "سأعود ثانية في اليوم الأول من الربيع، وستسمعني أصفّر لك من تحت نافذتك، السنة تمرّ بسرعة كبيرة!"

"نعم،" قال مومين ترول، "مع السلامة إذًا!"

”إلى اللقاء!“ قال سنفكين.

وهكذا تُرك مومين ترول وحده على الجسر. فوقف يتأمّل سنفكين وهو يغدو أصغر فأصغر، ويختفي أخيرًا بين أشجار الحور الفضية وأشجار الكمثرى. وبعد برهة سمع الهارمونيكا تعزف لحن: على جميع المخلوقات الصغيرة أن تزيّن ذيولها بالأقواس.

”إنه سعيد الآن،“ فكر مومين ترول.

لبث ينتظر حتى خفتت الموسيقى شيئًا فشيئًا. ولما تلاشت وسكن كلّ شيء تمامًا، هرع عائدًا أدراجه عبر الحديقة الندية.

وجد على درج الشرفة ثين غمي وبوب متقوقعين تحت أشعة الشمس.

”صباح الخير يا موميترو ترولزو،“ حيّاه ثين غمي.

”صباح الخير يا ثيترو غمي ويا بوبزو،“ أجاب مومين ترول الذي أصبح الآن يتقن لغتهما الغريبة.

”هل تبكي؟“ سأله بوب.

”لـــ..لا،“ أجاب مومين ترول، ”كلّ ما في الأمر أن سنفكين رحل.“

”آه يا ربي، كمزو هذازو مؤسفزو!“ قال ثين غمي مبديًا تعاطفه. ”هل يسرّي عنك تقبيلزو أنفزو بوب؟“

وهكذا قبّل مومين ترول أنف بوب بلطف، لكن ذلك لم يجعله يشعر بأي سلوى.

حينها، تلاصق الصغيران وهامسا لوقت طويل، وفي النهاية أعلن بوب بجدّية: ”قرّرنا أن نريك المحتويات.“

"محتويات الحقيبة؟" استوضحهما مومين ترول. أومأ ثين غمي وبوب بحماس. "تعال معنا!" قالا وهما يعدوان تحت السياج.

زحف مومين ترول وراءهما، ثم اكتشف أنهما أعدّا مخبأً سرّيًا في أكثف موضع مشجّر. بطّناه بريش النعام وزيناه بالقواقع والأحجار الصغيرة البيضاء. كان المكان مظلمًا نوعًا ما، ولا أحد يمرّ تحت السياج بمقدوره أن يشكّ في وجود مخبأ سرّي في الطرف الآخر منه. وفوق حصيرة من القشّ جثمت حقيبة ثين غمي وبوب.

"تلك حصيرة آنسة سنورك،" هتف مومين ترول، "بحثت عنها أمس بالذات."

"أوه، نعم،" أقرّ بوب بسعادة. "وجدناها، وهي لا تعرف بالطبع."

"أمم،" همهم مومين ترول. "طيب، أما كنتما تنويان أن ترياني ما في حقيبتكما؟"

هزّا رأسيهما بسرور، وفيما وقف كلّ منهما عند أحد جانبي الحقيبة قالا بوقار: "جاهززو! استعدادزو.. هيّازو!"

ثم فتحا الغطاء الذي انبعثت منه طقطقة وهو يرتفع، و.. "يا ربّ السماء احفظنا!" هتف مومين ترول وهو يرى المكان حوله يُضاء بنور أحمر رائق، وأمامه تستقرّ ياقوتة بحجم رأس نمر، تتوهّج مثل الشمس ساعة الغروب، مثل النار المتأججة.

"هلزو أعجبتكزو؟" سأله ثين غمي.

"نعم،" أجاب مومين ترول بصوت واهٍ.

”والآن ستكفّزو عترو البكاءزو، ها؟“ قال بوب.

هزّ مومين ترول رأسه إيجابًا.

تنهّد ثين غمي وبوب تنهيدة رضا، وجلسا ليتأمّلا الحجر الكريم. حملقا فيه بنشوة صامتة.

ظلّت الياقوتة تغيّر ألوانها طوال الوقت. في البداية بدت باهتة، ثم فجأة شعّ منها وهج وردي كأنه شمس تشرق على جبل متّشح بالثلج، ثم انبعثت من قلبها ألسنة لهب قرمزية، ولاحت كأنها زنبقة سوداء عظيمة ذات أسدية من نار.

”أوه، ليت سنفكين يراها!“ تنهّد مومين ترول، ووقف هناك مدّة طويلة.. طويلة، إلى أن تعاظمت أفكاره وأثقل مرور الوقت

كاهله.

أخيرًا قال: "هذا رائع. هل يمكنني أن أرجع وأتأمّلها في يوم آخر؟"

لم يجب ثين غمي وبوب، ولذلك غادرهما وعاد وزحف تحت السياج. جعله ضوء النهار الشاحب يشعر بشيء من الدوار، فجلس على العشب لفترة حتى يستعيد توازنه.

"يا رب احفظني!" كرّر. "سآكل ذيلي إذا لم تكن هذه ياقوتة الملك التي ما زال الساحر يبحث عنها في حفر القمر. والعجيب أنها بقيت في حقيبة هذين الزوجين الصغيرين طوال الوقت!" في تلك اللحظة خرجت آنسة سنورك إلى الحديقة وجلست إلى جانبه، ولم ينتبه مومين ترول لها بسبب استغراقه في أفكاره. بعد برهة، أخذت تداعب خصلة من فراء ذيله بحذر.

"أووه، أهذا أنتِ؟" هتف وهو يقفز مربكًا. ابتسمت آنسة سنورك بحياء.

"هل رأيت شعري؟" سألته وهي تربّت رأسها.

"طيب.. حسنًا،" همهم بذهن شارد.

"ما حكايتك؟" سألته.

"يا تويجة الوردة الغالية لا أستطيع الفضفضة حتى لك. قلبي مثقل جدًا. أترين، لقد رحل سنفكين."

"أوه، لا!" شهقت.

"إي، نعم، بيد أنه ودّعني أولاً،" أجاب مومين ترول. "لم يوقظ أحدًا غيري."

وهكذا بقيا جالسين على العشب لفترة، والشمس تدفئ ظهريهما شيئا فشيئًا، ثم ظهر سنيف والسنورك على الدرج.

"مرحبًا،" قالت آنسة سنورك. "هل عرفتما أن سنفكين رحل جنوبًا؟"

"ماذا؟ ذهب ولم يأخذني؟" صاح سنيف باستياء.

"يحتاج المرء إلى البقاء وحده أحيانًا،" قال مومين ترول، "وما زلت أصغر من أن تستوعب هذا. أين الآخرون؟"

"ذهب الهيمولين لالتقاط الفطر،" قال السنورك، "وفأر المسك أدخل أرجوحته إلى البيت لأنه يرى أن الليل بدأ يبرد. أما أمك فهي في مزاج معكّر جدًا اليوم."

"غاضبة أم حزينة؟" استفهم مومين ترول بدهشة.

"أظنها أميل إلى الحزن،" أجاب السنورك.

"إذًا ينبغي أن أذهب إليها حالاً،" قال مومين ترول.

وجد ماما مومين جالسة على الأريكة في الصالة والحزن الشديد باد عليها.

"ما الحكاية يا أمي؟" سألها.

"حدث شيء فظيع يا صغيري،" قالت. "اختفت حقيبة يدي. لا يمكنني القيام بأي شيء ما دامت مفقودة. بحثت في كلّ مكان، ولم أجدها."

وهكذا، نظّم مومين ترول حملة بحث اشترك فيها الجميع ما عدا فأر المسك. "من بين كلّ الأشياء غير الضرورية،" قال، "حقيبة أمك هي أقلّها ضرورة. وفي جميع الأحوال، يمضي الزمن وتتبدّل

الأيام بالطريقة نفسها سواء حقيبتها معها أم لا."

"ليس هذا هو المغزى،" قال بابا مومين بصوت غاضب، "لا أستطيع إلا الاعتراف بأنني أستهجن رؤية ماما مومين بلا حقيبة. ما رأيتها قطّ من قبل غير ذلك!"

"هل فيها أشياء كثيرة؟" سأل السنورك.

"لا،" أجابت ماما مومين، "فقط الأشياء التي نحتاج إليها على عجل، مثل جوارب جافة وحلوى وخيط وبودرة أطفال وما يشبه ذلك."

"ما جائزتنا إذا وجدناها؟" سأل سنيف.

"ما تطلبونه!" قالت ماما مومين، "أعرف جيدًا أنني سأقيم حفلاً كبيرًا لكم، ويمكنكم فيه أن لا تأكلوا شيئًا سوى الكعك مع الشاي، ولا أحد سيضطر إلى الاغتسال أو النوم باكرًا!"

بعد ذلك تواصل البحث بجهد مضاعف. فتّشوا عن الحقيبة في البيت كلّه. بحثوا تحت السجاد وتحت الأسرّة؛ في الفرن وفي القبو، في العليّة وعلى السطح. مشطوا الحديقة بأكملها، وفتّشوا في كوخ الخشب وعند النهر. لكن الحقيبة لم يُعثر عليها.

"ربما تسلّقت شجرة وأنت تحملينها، أو أخذتها معك عندما ذهبت للاستحمام؟" ألمح سنيف.

اكتفت ماما مومين بهزّ رأسها نفيًا ونشجت: "آه، يا لليوم المحزن!"

ثم اقترح السنورك أن يضعوا إعلانًا في الصحيفة. وهذا ما فعلوه. وظهرت الصحيفة تحمل خبرين كبيرين في صفحتها الأولى:

سنفكين يغادر وادي المومين

رحيل غامض عند الفجر

وبحروف أكبر قليلاً:

حقيبة ماما مومين تختفي

لا أدلّة! البحث مستمر!

أكبر حفل على الإطلاق يشهده شهر آب مكافأة لمن يجدها!

حالما انتشر الخبر، تجمّع حشد هائل من المخلوقات في الغابة وعلى التلال وعند البحر. بل حتى أصغر فأرة شاركت في البحث. ولم يبق في البيوت إلا العجائز والمُقعدون، وتردّد في الوادي كلّه صدى الصياح ووقع أقدام الراكضين.

"يا ربّي!" هتفت ماما مومين، "يا له من جيشان!" وفي سرّها كانت تقريبًا مسرورة من ذلك.

"ما سببزو كلّزو هذهزو الفوضى؟" سألها ثين غمي.

"حقيبة يدي يا صغيري!" أجابت.

"السوداء؟" استفهم ثين غمي، "تلك التي يمكن أن تتمري بها، والتي فيها أربعزو جيوبزو؟"

"ماذا قلت؟" سألت ماما مومين التي كانت أكثر تشوّشًا من

أن تستمع إليهما.

''السوداء التي فيها أربعزو جيوبزو؟'' كرّر ثين غمي.

''نعم، نعم،'' أجابت ماما مومين. ''هيا اذهبا والعبا الآن يا صغيري، ولا تقلقاني.''

''ما رأيك؟'' قال بوب عندما خرجا إلى الحديقة.

''لا أتحمل رؤيتها بهذه التعاسة،'' أعلن ثين غمي.

''أظن أنه علينازو إعادتهازو،'' قال بوب وهو يتنهّد. ''هذازو مؤسفزو! النومزو في الجيوبزو لطيفزو.''

وهكذا قصد ثين غمي وبوب مخبأهما السري الذي لم يكتشفه أحد بعد، وسحبا حقيبة يد ماما مومين من تحت شجرة ورد. كان الوقت يشير إلى الساعة الثانية عشرة تمامًا عندما مضيا عبر الحديقة وهما يجرّان الحقيبة. لمح الصقر الموكب الصغير، واندفع فورًا لينشر الخبر فوق وادي المومين، وفي الحال أعلنت صحافة الأخبار العاجلة ما يلي:

تمّ العثور على حقيبة ماما مومين

بفضل ثين غمي وبوب!

مشاهد مؤثّرة في بيت المومين...

''هل هذا صحيح؟'' صاحت ماما مومين، ''آه يا للروعة! أين وجدتماها؟''

''عند شجرة ورد،'' بدأ ثين غمي، ''كانزو من اللطيفزو

١٤٠

النومزو...“

في اللحظة ذاتها أقبل حشد كبير من الناس ليقدّموا التهاني، ولم تكتشف ماما مومين قطّ أن ثين غمي وبوب كانا يستعملان حقيبة يدها كغرفة نوم. ولعل هذا أفضل للجميع.

بعد ذلك لم يستطع أحد التفكير في شيء آخر سوى حفل آب الكبير الذي سيقام في تلك الليلة، وضرورة تجهيز كلّ شيء قبل ظهور القمر. إنه لمن المبهج حقًا أن يحضر المرء حفلاً يعلم أنه سيستمتع فيه، وأن جميع الأشخاص المناسبين سيرتادونه. حتى فأر المسك أبدى شيئًا من الاهتمام!

”يجب أن تضعوا طاولات كثيرة،“ قال، ”طاولات صغيرة وطاولات كبيرة في أماكن غير متوقّعة. لا أحد يرغب في أن يجلس ساكنًا في المكان نفسه في حفل كبير كهذا. أخشى أن يشعر الحضور بتململ زائد عن المعتاد. لذلك عليكم أولاً أن تقدّموا لهم أفضل ما لديكم. ولاحقًا، عندما يبدأون بالاستمتاع يصبح الأمر سيان بالنسبة إليهم. لا تزعجوهم بالأغاني وما إلى ذلك، دعوا تحديد سياق البرنامج لهم.“

بعد أن قدّم فأر المسك هذه الوصلة المفاجئة من الحكمة الدنيوية، لجأ إلى أرجوحته ليقرأ كتابًا عن: [عدم فائدة الأشياء].“

”ماذا ألبس؟“ انبرت آنسة سنورك تسأل مومين ترول بعصبية، ”الريش الأزرق لتزيين الشعر أو إكليل اللؤلؤ؟“

”اختاري الريش،“ قال، ”ضعيه حول أذنيك وكاحليك. ولا بأس في أن تثبّتي ريشتين أو ثلاثًا في فراء ذيلك.“

شاكرةً حثّت الخطى مبتعدة، واصطدمت في المدخل بأخيها السنورك الذي كان يحمل بعض الفوانيس الورقية، والذي غمغم بغضب قائلاً شيئًا عن عدم فائدة الأخوات، قبل أن يخرج إلى الحديقة ويبدأ في تعليق الفوانيس على الأشجار.

في هذه الأثناء انهمك الهيمولين في تجهيز أدوات الألعاب النارية في أماكن مناسبة. وهي تتألّف من أضواء بنغالية، وأمطار من نجوم زرقاء، ونوافير فضية، وصورايخ تتفجّر نجومًا.

"هذا مثير إلى درجة مخيفة!" هتف الهيمولين، "ألا يمكن أن نطلق واحدًا لنجربه؟"

"لن تستطيع رؤيته في وضح النهار،" أجاب بابا مومين. "خذ واحدًا وأشعله في قبو البطاطا إذا أحببت."

وقف بابا مومين في الشرفة منهمكًا في تحضير الشراب في برميل. وضع اللوز والزبيب، وعصير اللوتس، والزنجبيل، وأزهار جوزة الطيب، وليمونة أو ليمونتين، والقليل من نبيذ الفراولة لإضفاء نكهة مميزة.

وما انفكّ بين حين وآخر يتذوقه... متلذّذا به.

"الشيء الوحيد المؤسف،" قال سنيف، "ليس لدينا موسيقى، سنفكين ليس هنا."

"سنستعمل الراديو،" قال بابا مومين. "كلّ شيء سيجري على ما يرام، وسنشرب النخب الثاني على شرف سنفكين."

"ولمن النخب الأول؟" استعلم سنيف بأمل.

"لثين غمي وبوب بالطبع،" أجاب بابا مومين.

ازداد الاستعداد للحفل هياجًا. وتوافد جميع سكان الوادي والغابة والتلال والشاطئ يحملون طعامًا وشرابًا، ووزّعوه على الطاولات في الحديقة: حوت الطاولات الكبيرة أكوامًا ضخمة من الفاكهة اللامعة وصحونًا هائلة من الشطائر. والطاولات الصغيرة تحت الأشجار حوت أكوازًا من الذرة، وتوتًا نُظِم بخيوط على القشّ، وعناقيد بندق استكانت في طيات أوراقها. جهّزت ماما مومين السمن لقلي الفطائر في حوض الاستحمام لعدم توافر أوعية كافية، ثم أحضرت من القبو إحدى عشرة جرّة كبيرة من عصير العليق. (يؤسفني أن أخبركم أن الجرّة الثانية عشرة تحطّمت. وذلك عندما أشعل الهيمولين مفرقعته، وهذا لم يهمّ كثيرًا لأن ثين غمي وبوب لعقا معظم ما سال من عصير.)

عندما أظلمت الدنيا بما يكفي لإضاءة الفوانيس قرع الهيمولين الجرس معلنًا افتتاح الحفل.

تصدّر ثين غمي وبوب أكبر طاولة. "تخيّل!" ما فتئ أحدهما يقول للآخر، "كلّزو هذازو الاحتفالزو على شرفنازو! إنه شيء عجيبزو."

بدأ الحفل جديًا للغاية. والمدعوون الذين جاءوا متأنقين بأفضل ملابسهم بدا عليهم شيء من الارتباك والتوتّر. كانوا يتبادلون التحيّات والانحناء بوقار وهم يقولون: "جيّد أنها لم تمطر. أوليس العثور على الحقيبة مدهشًا؟" ولم يجرؤ أحد على الجلوس.

افتتح بابا مومين الحفل بإلقاء خطاب قصير، بدأه بتوضيح سبب إقامة الحفل، ثم شكر ثين غمي وبوب. وبعد ذلك أتى على ذكر

ليالي آب القصيرة وكيف أن على الجميع أن يمرحوا قدر الإمكان. ثم تطرّق إلى الحديث عن الحياة في شبابه. وهذه كانت إشارته إلى ماما مومين لتدفع نحو الحضور عربة محمّلة بالفطائر، وحينها صفّق الجميع.

دبّ النشاط في الحفل، وسرعان ما بلغ أوجه. واكتظّت الحديقة بأكملها، بل في الحقيقة الوادي بأكمله، بطاولات صغيرة شعشعت بالحباحب واليراع، وتأرجحت فوقها على الأشجار الفوانيس كأنها فاكهة كبيرة لامعة يداعبها نسيم المساء.

انطلقت صواريخ الألعاب النارية بشمم نحو سماء آب، وانفجرت في الأعلى، ممطرة نجومًا بيضاء راحت تسبح فوق الوادي ببطء. رفعت جميع الحيوانات الصغيرة أنوفها لتشاهد المطر النجمي وهلّلت... أووه.. كان ذلك رائعًا حقًا!

عندما بدأ المطر النجمي الأزرق يهوي، وأخذت الأضواء البنغالية تحوم حول رؤوس الأشجار، أقبل بابا مومين من ممرّ الحديقة يدحرج برميل الشراب الأحمر الكبير أمامه. تدافع الجميع نحوه حاملين كؤوسهم، وملأ بابا مومين كلّ واحد منها؛ الكؤوس والفناجين والأقداح وأكواب لحاء البتولا والأصداف، وحتّى الأبواق المصنوعة من أوراق الأشجار. ''في صحة ثين غمي وبوب!'' صاح الجميع في وادي المومين. ''مرحى! برافو! مرحى! مرحى!''

''أيامزو سعيدتزو!'' قال ثين غمي لـبوب ثم تبادلا النخب.

بعدئذ نهض مومين ترول عن كرسيّه وقال:

''أودّ أن أشرب نخب سنفكين الذي يشقّ طريقه جنوبًا الليلة

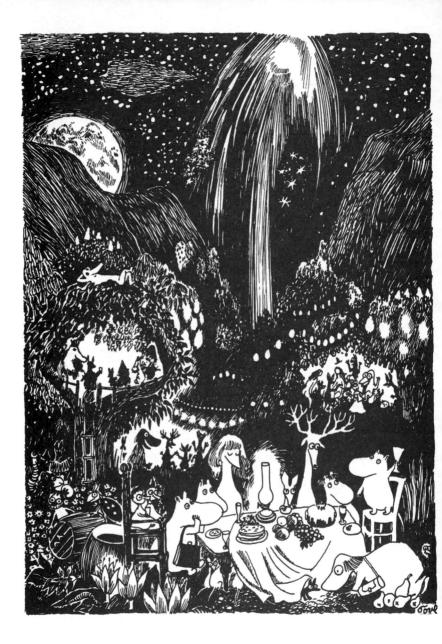

وحده، وأنا متأكّد من أنه يشعر بسعادة تضاهي سعادتنا هنا. لنتمنّ له قلبًا مبتهجًا، ولخيمته معسكرًا جيدًا!"

وعلى هذا النخب رفع الجميع كؤوسهم.

"أحسنتَ الكلام،" مدحته آنسة سنورك عندما جلس ثانية.

"أوه.. همم" غمغم باستحياء، "فكّرت في ما سأقوله مسبقًا.."

حمل بابا مومين الراديو إلى الحديقة وأداره على موسيقى أمريكية راقصة، وفي غضون وقت قصير عمر الوادي بالرقص والقفز. وما لبثت الأشجار أن عجّت بالأرواح الراقصة، بل حتى الفئران الصغيرة المتيبّسة الأرجل خاطرت وانضمّت إلى الحلبة.

انحنى مومين ترول أمام آنسة سنورك وقال: "هل تشرفينني بهذه الرقصة؟" وعندما رفع رأسه ونظر عاليًا لمح نورًا براقًا فوق رؤوس الأشجار.

كان ذاك قمر آب.

رآه مبحرًا في الأعالي، بلون برتقالي داكن؛ كبيرًا إلى درجة لا تُصدق، ومتهرّئًا قليلاً من حوافه كأنه مشمشة معلبة، مالئًا وادي المومين بأضواء وظلال غامضة.

"انظر! يمكن الليلة أن نرى حتى الحفر في القمر،" قالت آنسة سنورك.

"لا بدّ أنها حفر مقفرة جدًا،" قال مومين ترول، "والساحر المسكين هناك في الأعلى يفتش!"

"ألا تعتقد أنه لو لدينا تلسكوب جيد لاستطعنا رؤيته؟"

تساءلت آنسة سنورك. وافقها مومين ترول وعاد وذكّرها برقصتهما، واستمرّ الحفل بمعنويات أعلى من أي وقت مضى.

"هل أنت متعب؟" قال بوب.

"لا،" أجاب ثين غمي. "أنا أفكّر. عاملنا الجميع هنا معاملة حسنة، وأرى أن نقدّم لهم شيئًا بالمقابل." ثم تهامسا معًا لفترة، هزّا رأسيهما وتهامسا ثانية، ثم مضيا إلى مخبإهما السرّي، وعادا ومعهما الحقيبة.

عندما غمر الوادي فجأة نور وردي أحمر كان الوقت قد تجاوز الساعة الثانية عشرة بكثير. توقّف الجميع عن الرقص ظنًا منهم أنها ألعاب نارية جديدة، ثم تبيّن للحضور أن النور انبعث من حقيبة ثين غمي وبوب بعد أن فتحاها. وما لبثوا أن رأوا على العشب ياقوتة الملك التي استقرّت بهيّة وبديعة الجمال، جاعلة النار والفوانيس بل حتى القمر تبدو كلّها باهتة وشاحبة بالمقارنة معها. احتشد الجميع حول الجوهرة المتوهّجة وقد أخرستهم الرهبة.

"آه، مجرّد التفكير في وجود شيء بهذه الروعة، أمر مدهش!" هتفت ماما مومين.

زفر سنيف بعمق وقال: "يا لسعادة ثين غمي وبوب!"

من على القمر، لمح الساحر ياقوتة الملك التي شعّت كالعين الحمراء في الأرض المظلمة. كان آنذاك قد توقّف عن البحث وجلس منهكًا وحزينًا على طرف حفرة يستريح، ونمره الأسود يأخذ إغفاءة بعيدًا عنه. ميّز النقطة الحمراء على الأرض في الحال؛

إنها أكبر ياقوتة في العالم، ياقوتة الملك، الياقوتة التي ما زال يبحث عنها منذ مئات من السنين! هبّ واقفًا، وبعينين متّقدتين، لبس قفازيه وربط عباءته حول كتفيه. ثم ألقى جميع جواهره الأخرى على الأرض؛ لأن الساحر ما اهتمّ إلا بحجر واحد كريم فقط، وذاك هو الحجر الذي تهيأ له أنه سيحمله بيديه في أقلّ من

نصف ساعة. قذف النمر نفسه في الهواء وسيده على ظهره، وبدآ يشقّان عباب الفضاء بأسرع من الضوء. اعترضت النيازك دربهما، وعلق غبار النجوم بعباءة الساحر كأنه رقع ثلج متطايرة. وكلما ازداد اقترابًا من الأرض، رأى أن إشعاع الوهج الأحمر في الأسفل يزداد ويزداد تألّقًا. وهكذا توجّه مباشرة نحو وادي المومين، وبقفزة أخيرة حطّ النمر بيسر وهدوء على قمة جبل مهجور.

واصل أهل الوادي جلوسهم الصامت أمام ياقوتة الملك. بدا كأنهم رأوا في شعاعها جميع الأشياء الجميلة التي اختبروها في حياتهم، وتاقوا إلى تذكّرها، وإلى معاودة اختبارها من جديد. تذكّر مومين ترول نزهاته الليلة مع سنفكين، وآنسة سنورك فكّرت في الملكة الخشبية، تلك الغنيمة الباعثة على الفخر. وتخيّلت ماما مومين نفسها مستلقية مرّة أخرى على الرمل الدافئ تحت أشعة الشمس، ترنو إلى السماء من بين رؤوس القرنفل البحري المتمايل.

كان كلّ واحد منهم موغلاً في الإبحار بأفكاره، شاردًا مع ذكريات رائعة، عندما بوغتوا بفأر صغير أبيض أحمر العينين ينسلّ خارجًا من الغابة وينطلق نحو ياقوتة الملك، يتبعه هرّ بسواد الفحم راح يتمطّط على العشب.

على حدّ علم الجميع هناك، لم يعش في وادي المومين أي فأر أبيض قطّ، ولا أي هرّ أسود.

بس.. بس، بسبس الهيمولين. إلا أن الهرّ أغلق عينيه ولم يعبأ بالردّ.

انبرت فأرة الغابات تحيي الفأر الأبيض قائلة: "مساء الخير يا ابن

العم!" والجواب الوحيد الذي حصلت عليه لم يتعدّ نظرة طويلة سوداوية. وعندما أقبل بابا مومين حاملاً قدحين ليقدّم للوافدَيْن الجديدَيْن شرابًا من البرميل، تجاهلاه.

زحف غمّ ثقيل على الوادي. همس الناس وتساءلوا. اعترى القلق ثين غمي وبوب، فأعادا الياقوتة إلى الحقيبة وأغلقا الغطاء. ولما حاولا أخذها بعيدًا وقف الفأر الأبيض على قائمتيه الخلفيتين وبدأ يكبر. كبر حتى أصبح تقريبًا بحجم بيت المومين. كبر متحولاً إلى عفريت أحمر العينين يضع قفازين أبيضين. وحالما كبر بما يكفي أقعى على العشب ونظر إلى ثين غمي وبوب.

"ارحلزو أيها العجوززو البشعزو!" قال ثين غمي.

"أين وجدتما ياقوتة الملك؟" سألهما الساحر.

"هذازو لا يعنيكزو!" قال بوب.

لم يسبق لأحد أن رأى بوب وثين غمي بهذه الشجاعة.

"أنا أبحث عنها منذ ثلاثمئة سنة،" قال الساحر. "ولا يعنيني أي شيء آخر غيرها."

"ولا نحن،" قال ثين غمي.

"لا حقّ لك في أخذها منهما،" تصدّى له مومين ترول. "حصلا عليها بنَزاهة من الغروك." (لم يوضح بالطبع كيف قايضاها بطاقية الساحر القديمة، ففي جميع الأحوال بدا أن لديه طاقية جديدة.)

"أعطوني شيئًا أمضغه،" قال الساحر. "بدأ الأمر يثير أعصابي."

هرعت ماما مومين بخفّة إليه مع الفطائر والمربى، وناولته صحنًا كبيرًا عامرًا.

وبينما انكبّ الساحر يأكل دنا الناس منه قليلاً؛ فالمخلوق الذي يأكل الفطائر والمربى لا يمكن أن يكون خطرًا كثيرًا، وبمقدورك دائمًا التحدّث معه.

"هل الطعام طيب؟" سأله ثين غمي.

"نعم، شكرًا،" أجاب الساحر، "لم أتناول أي فطيرة في السنوات الماضية الخمس والثمانين.

غمر الحزن الجميع وأشفقوا عليه، ودنوا منه أكثر.

عندما فرغ من الأكل مسح شاربيه وقال: لا أستطيع أخذ الياقوتة منكما لأن هذا يعتبر سرقة. ولكن ماذا عن مبادلتها بـــ.. حسنًا، لنقل بجبلين من الألماس، وبوادٍ عامر بالأحجار الكريمة من شتى الأنواع؟

لا، قال ثين غمي وبوب.

"ولن تعطياني إياها بدون مقابل؟" سألهما الساحر.

"لـــ.. لا،" كرّرا.

تنهّد الساحر، وجلس لفترة يفكّر ومعالم الحزن العميق ترتسم على وجهه. أخيرًا قال:

طيب، تابعوا حفلتكم، وسأرفّه عن نفسي بالقيام ببعض الأعمال السحرية لكم. سيحصل كلّ واحد منكم على أمنية سحرية. ما عليكم الآن إلا أن تتمنّوا أمنية؛ عائلة المومين أولاً!

تردّدت ماما مومين قليلاً. "هل يجب أن تكون الأمنية مادية

ملموسة؟" سألت. "أو يمكن أن تكون فكرة؟ إذا فهمت ما أعني يا سيد عفريت!"

"أوه نعم،" قال الساحر، "الأشياء المادية أسهل بالطبع، لكن السحر ينجح مع الأفكار أيضًا.

في هذه الحالة أتمنى أن يكفّ مومين ترول حزنًا على غياب سنفكين.

آه يا ربّي، هتف مومين ترول الذي تورّد حياء، "لم أعرف أن هذا واضح جدًا!"

لوّح الساحر بعباءته مرّة، وعلى الفور فارق الحزن قلب مومين ترول. تحوّل حنينه إلى أمل، وهذا الشعور بدا أفضل بكثير.

"أتتني فكرة،" هتف مومين ترول، "عزيزي سيد عفريت اجعل الطاولة بما عليها تطير إلى سنفكين حيث هو الآن!"

في اللحظة نفسها ارتفعت الطاولة في الهواء وتوجّهت جنوبًا وعليها الفطائر والمربى والفاكهة والزهور والشراب والحلوى وكذلك كتاب فأر المسك الذي تركه عند طرفها.

"مرحبًا!" قال فأر المسك. "أرغب الآن في استعادة كتابي لو سمحت."

"صحيح!" قال الساحر. "ها أنت ذا يا سيدي!"

"[عن فائدة كلّ شيء]،" قرأ فأر المسك. "هذا ليس كتابي. كتابي كان عن عدم فائدة الأشياء."

اكتفى الساحر بالضحك.

"جاء دوري الآن بالتأكيد،" قال بابا مومين، "من الصعب

الاختيار! فكّرت في أشياء كثيرة، إنما لا شيء منها مناسب تمامًا، فمن الممتع أن أصنع بنفسي بيتًا زجاجيًا لمزروعاتي، وكذلك الأمر بالنسبة إلى بناء زورق. أضف إلى ذلك أن لدي كلّ شيء تقريبًا!"

"لعلك لست بحاجة إلى أي أمنية،" قال سنيف. "ألا يمكنني الحصول على أمنيتك؟"

"أوه.. حسنًا..." تردّد بابا مومين، "لست واثقًا من هذا..."

"استعجل يا عزيزي،" حثّته ماما مومين، "ماذا عن تمنّي غلافين جميلين لدفتر مذكّراتك؟"

"آها، هذه فكرة جيدة!" هتف بابا مومين بسرور، وأطلق الجميع صيحات ابتهاج عندما ناوله الساحر غلافين من الجلد المغربي المزيّن بالذهب واللآلئ.

"دوري الآن،" صرصر سنيف، "أريد مركبًا لي وحدي، من فضلك! أريده على شكل صدفة، بأشرعة أرجوانية، وسارية من الخشب المصقول، ومساند مجاديف مرصّعة بالزمرد!"

"هذه أمنية مهمّة،" قال الساحر بلطف ولوّح بعباءته.

حبس الجميع أنفاسهم، إلا أن المركب لم يظهر.

"ألم ينجح السحر؟" سأل سنيف بنبرة محبطة.

"بلى،" قال الساحر، "أنزلته على الشاطئ. وستجده هناك في الصباح."

"بمساند مجاديف مرصّعة بالزمرد؟" سأله سنيف.

"نعم. أربعة منها، وواحد احتياطي،" قال الساحر. "التالي لو سمحتم!"

"أمم،" همهم الهيمولين، "أُصدقك القول إن هناك معزقة استعرتها من السنورك وانكسرت. لذلك أريد ببساطة معزقة جديدة." وبعد أن قدّم له الساحر المعزقة الجديدة، ثنى ركبتيه*

*يؤدي الهيمولين التحية بثني ركبتيه بدلاً من الانحناء، لأن الانحناء بالثوب يبدو سخيفًا جدًا. ملاحظة المؤلفة.

تعبيرًا عن شكره بطريقة دلّت على حسن التربية.
"ألا تتعب من السحر؟" سألته آنسة سنورك.
"ليس مع هذه الأشياء السهلة،" أجاب الساحر. "والآن ما هي أمنيتك أيتها الشابة اللطيفة؟"
"إنها في الحقيقة صعبة،" قالت، "أيمكن أن أهمس لك بها؟"
عندما همست بدت معالم الدهشة على الساحر، وسألها: "هل أنت واثقة من أنك تريدين هذا؟"
"نعم! واثقة!" أجابت من بين أنفاسها.

"طيب، لا بأس!" قال الساحر، "ها أنت ذا!"
في اللحظة التي تلت ندّت عن الجمهور صيحات استنكار، إذ لا أحد استطاع تمييز آنسة سنورك.
"ماذا فعلت بنفسك؟" صاح مومين ترول باهتياج.
"تمنّيت الحصول على عينين مثل عيني الملكة الخشبية،" قالت، "ألم تعتبرها جميلة؟"
"نعم، إنما.." غمغم مومين ترول باستياء.
"ألا تظن أن عيني الجديدتين جميلتان؟" سألته باكية.
"مهلاً، مهلاً،" هتف الساحر، "إذا لم تعجباك يمكن أخاك أن يتمنّى استرجاع عينيك السابقتين، ما رأيك؟"
"أنا فكّرت في شيء مختلف تمامًا،" احتجّ السنورك، "إذا

كانت تتمنّى أمنيات غبية، فهذا في الحقيقة ليس ذنبي!

وما أمنيتك؟ سأله الساحر.

أداة لاكتشاف الأشياء، قال السنورك، "أداة تخبرك هل الأمور صواب أو خطأ، صالحة أو طالحة."

"هذا صعب جدًا،" قال الساحر وهو يهزّ رأسه، "لا أستطيع تحقيق ذلك."

"طيب، في هذه الحالة أرغب في الحصول على آلة كاتبة،" قال السنورك بوجه عابس، "فأختي تستطيع أن ترى بعينيها الجديدتين جيدًا!"

"صحيح، لولا أنها لا تبدو جميلة بهما،" قال الساحر.

"أخي يا حبيبي،" ناحت آنسة سنورك التي تسنّى لها الحصول على مرآة. "رجاءً اطلب أن أستعيد عيني الصغيرتين السابقتين! أبدو مخيفة جدًا!"

"إيه، طيب،" وافق السنورك أخيرًا. ستستعيدين عينيك من أجل العائلة فقط. وأتمنّى أن تخفّفي من خيلائك في المستقبل.

نظرت آنسة سنورك في المرآة ثانية وصاحت ابتهاجًا. فقد عادت عيناها الطريفتان الصغيرتان إلى مكانهما، أما رموشها فغدت في الحقيقة أطول قليلاً من السابق. شعّ وجهها بالسعادة وهي تعانق أخاها وتصيح:

"يا أحلى فطيرة! يا ألذّ جرّة عسل! سأهديك آلة كاتبة في عيد الميلاد!"

"توقّفي!" قال السنورك الذي تملّكه حرج عظيم. "لا تقبّليني

والناس ينظرون. لا، لم أطق رؤيتك بتلك الحالة الرهيبة، هذا كلّ شيء."

آآ.. ها! لم يتبق الآن من أهل البيت سوى ثين غمي وبوب! قال الساحر. ستحصلان على أمنية مشتركة، لأنني لا أستطيع التمييز بينكما.

وأنت، ألا تطلبزو أمنيتزو؟ سأله بوب.

"لا أستطيع،" ردّ الساحر بحزن، "يمكنني فقط تحقيق أمنيات الناس، وتحويل نفسي إلى أشياء مختلفة."

حدّق فيه ثين غمي وبوب، ثم ألصقا رأسيهما وتهامسا لفترة طويلة.

بعدئذ قال بوب بجدّية: "قرّرنازو أن نتمنّى أمنيتزو عنكزو لأنك لطًيفزو. نريدزو ياقوتة بجمالزو ياقوتتنا!"

شاهد الجميع الساحر يضحك من قبل، إنما لا أحد منهم ظنّ أنه يستطيع الابتسام. بدا مفعمًا بالسعادة إلى درجة أنك تستطيع ملاحظة ذلك عليه؛ من طاقيته إلى جزمته! وبلا أي تعليق لوّح بعباءته فوق العشب، و.. يـــاه! مرة أخرى غُمرت الحديقة بنور وردي، وهناك على العشب أمامهم استقرّت توأم ياقوتة الملك: ياقوتة الملكة.

"لن تشعرزو بالتعاسة بعدزو الآن؟" قال بوب.

"لا أعتقد،" قال الساحر وهو يضع بكلّ عناية الجوهرة المشعّة في ثنايا عباءته. "والآن، سيطلب كلّ واحد من المخلوقات أي أمنية يريدها! وسأحققها له قبل طلوع الصباح، لأنه ينبغي أن أعود

إلى البيت قبل ظهور الشمس!"

وسرعان ما أخذ كلّ فرد من الحضور دوره.

احتشد أمام الساحر صفّ طويل من مخلوقات الغابة المزقزقة والضاحكة والطنانة الذين أرادوا تحقيق أمنياتهم. ومن طلب منهم أمنية سخيفة مُنح فرصة أخرى، لأن الساحر كان في مزاج رائق.

عاد الرقص من جديد، ودُفعت إلى ما تحت الأشجار عربات أخرى عامرة بالفطائر. أطلق الهيمولين المزيد والمزيد من الألعاب النارية، وحمل بابا مومين دفتر مذكراته بغلافه الأنيق وقرأ عليهم بصوت عالٍ عن ذكريات شبابه.

لم يسبقْ قطّ لوادي المومين أن شهد مثل هذا الاحتفال.

أوه، يا للشعور الرائع الذي يتملّكك عندما تأكل كلّ ما يحلو لك، وتشرب كلّ ما يحلو لك، وتتحدث عن كلّ ما يحلو لك، وترقص حتى تعيي قدميك، ثم تقفل راجعًا إلى البيت في اللحظات الهادئة التي تسبق الفجر لتنام!

وفي تلك الأثناء، يطير الساحر إلى آخر العالم، وتنسلّ الفأرة الأم عائدة إلى جحرها، ويشعر كلّ فرد بسعادة تماثل سعادة الآخر.

ربما يومها كان أسعد الجميع مومين ترول الذي غادر الحديقة إلى البيت مع أمه، ونور القمر يخبو مع إطلالة الفجر الأولى، وأغصان الأشجار تتمايل على وقع نسيم الصباح الآتي من البحر.

إنه الخريف في وادي المومين، وإلا فكيف سيعود الربيع مرة أخرى؟!

D0560191